Все запущено у Путина

Виталий Загорский

Published by Виталий Загорский, 2024.

ВСЕ ЗАПУЩЕНО У ПУТИНА

First edition. March 4, 2024.

ISBN: 979-8224816002

Written by Виталий Загорский.

Содержание

Все запущено у Путина

ПРЕДИСЛОВИЕ

Идея написать эту книгу возникла давно, еще в далеком 2004 году, когда я, выпускник биологического факультета МГУ, готовился уехать навсегда из России. Моя мечта осуществилась, и я попал в Германию, где впервые ощутил воздух свободы, сопряженный с колоссальным уровнем ответственности и долга. В Германии все что-то кому-то должны, прямо начиная с рождения. Порядок и дисциплина, в классических традициях концлагеря доминировали над бардаком и разнузданностью. Именно в Германии я научился считать деньги, планировать бюджет и выискивать наиболее выгодные предложения. Там же я полностью ощутил преимущества не лить понапрасну воду и отключать отопление при выходе из квартиры. Первый счет за немецкие коммунальные услуги меня чуть не довел до инфаркта, после чего я стал гораздо умнее в плане экономии воды и тепла.

Со счетами в Германии особая история. Обычно они приходят по почте в начале каждого месяца. Почтальон просовывает пачку конвертов в дверь и быстро ретируется, по всей видимости, чтобы не словить сгоряча по тыкве от адресатов. Затем эти конверты валяются в коридоре квартиры пару дней, пока кто-нибудь из обитателей жилища не решится их открыть. Правило в Германии простое: кто открыл - тот и платит. А счетов там - ебануться можно: за электричество, причем один за потребление, другой за передачу по проводам, телефон, горячая вода, холодная вода, отопление, услуги хаусмастера, вывоз мусора, за каждый пердеж, короче. Никого при этом не ебет, что зарплата у тебя не шибко большая, отдай половину и живи спокойно дальше. Результат – все жители Германии в начале каждого месяца ходят со злыми рожами, всячески показывая свое неприятие друг к другу и особенно к понаехавшим. Особенно нелепо смотрятся рекламные плакаты с улыбающимися и счастливыми людьми в новом свитере или с новой зубной пастой. Все как на подбор с ослепительной улыбкой, что само по себе страшно раздражает. Все-таки на плодородной почве зародился у них там фашизм. Даже сейчас - скажи, что евреи во всем виноваты (или чурки), и немцы с удовольствием начнут их убивать. По крайней мере такое ощущение они оставляют, когда находишься с ними рядом.

Одним словом нах, нах, нах. Из Германии я убегал, сверкая пятками, ближе к северу, где люди поспокойнее и в разы адекватнее, в Бритовеликанию, красивую и бесконечно любимую страну. Бритовеликания открылась для меня с Университета Йорка, куда я был пригашен в аспирантуру. Наука мне давалась исключительно тяжело, ничего не шло в руки, все эксперименты в лаборатории заканчивались крайне неудачно. Когда стало окончательно понятно, что я не тяну - мой научный руководитель предложил мне расстаться по-хорошему, что мы и сделали. Мой вид на жительство предоставлял мне возможность находиться в стране еще целый год. Предполагалось, что этого должно быть достаточно, чтобы найти работу, или бабу с британским паспортом для брака по любви, на худой конец, мужика уже для брака через задницу.

Я стал рассылать свои многочисленные резюме, в которых перечислял свои «великие» достижения в научной и практической околомедицинской сфере. Некоторые фармацевтические компании, а именно на них я и ориентировался, меня приглашали на интервью, для чего я неоднократно катался в Лондон на поезде.

Так я оказался в британском подразделении компании «Пфайзер» - та, что Виагрочку изобрела. Босс - серб по происхождению и интроверт по темпераменту, начал интервью с краткого рассказа о компании, который он завершил сообщением о том, что все без исключения кандидаты проходят процедуру предоставления персональных рекомендаций, для чего было необходимо предоставить контактные данные нескольких человек. И уж если эта проверка будет провалена, то пиздец, не видать мне работы в Пфайзере как своих ушей. Обо мне, разумеется серб не спросил ни слова, хотя я приготовил сказочный и даже в чем-то правдоподобный рассказ.

Вернувшись в свой Йорк, я стал судорожно ломать голову и искать тех, кто бы мог мне помочь. Списался с сокурсниками и бывшими коллегами, на мое удивление, они ответили согласием, о чем я с радостью сообщил в Пфайзер, сказав, что мало кто из них говорит по-английски. Я рассчитывал, что в компании работают прагматичные люди и формально не дозвонившись до моих рекомендателей, забьют на всю эту хуйню и возьмут меня такого замечательного на работу. Как известно, на каждую хитрожопую гайку найдется свой болт с обратной резьбой. В общем, компания послала русскоговорящего кадровика встретиться с моими референсами лично, в Москве. Пришлось срочно всем рассылать легенду, как правильно врать про мои достижения в науке и технике.

Процедура прошла почти безболезненно, но ее затянутость не позволяла мне больше оставаться в Англии из-за истекающего срока моей учебной визы. Я собрал свои пожитки и прекрасным весенним днем отправился со слезами на глазах в Москву. Как раз тогда Путин дал погреть свое кресло Медведеву, который в те майские дни гордо проходил инаугурацию. Блевать хотелось от этой ТВ картинки, где стоит айфончик, с переполненным счастьем в глазах от того, что ему дали подержаться за власть и ботоксный, с кислой рожей, понимающий, что друг Дима, при всей своей кажущейся дурости и преданности, может и кидануть через плечо. Нельзя все-таки обезьяне давать гранату.

В общем, реалии российской жизни не добавляли оптимизма, я ожидал звонка из Лондона, из Пфайзера, о котором к тому времени много чего прочитал и узнал. Мысленно я был уже, конечно же, там. Тем временем, дни летели, а ответа все не было. Чтобы окончательно не превратиться в овощ, я искал работу в Москве. После нескольких лет, проведенных в Англии, на меня был колоссальный спрос. Меня хотели во многих фарм компаниях, а я еще и выбирал, посылая в пешее эротическое путешествие наивных рекрутеров и работодателей, указывая им на низкую заработную плату, которой в Англии хватило разве что на туалетную бумагу. Ну, хули, я ж с туманного Альбиона приехал, а не из какого-нибудь Минска, как известный малооплачиваемый телеведущий Дмитрий Шепелев.

В итоге мне посчастливилось оказаться в компании Санофи Пастер, офис А класса, которой находился неподалеку от Дома Музыки на Красных Холмах, где прошло мое детство и юность. Ожидая решения по Пфайзеру, я там начал работать на расстрельной должности менеджера по регистрации вакцин. Особый пиздец состоял в том, что в контрольном институте, проводящим предрегистрационные испытания и принимающим решение по дальнейшей судьбе вакцин, работали бабули в возрасте от 80 лет и старше. Они пребывали в прогрессирующем старческом маразме, обладали демонической неадекватностью, но при этом тонкой душевной организацией. Несмотря на свой склероз, все обиды они запоминали очень хорошо, именно поэтому ссориться с ними было равносильно самоубийству. Эту тему я прохавал, и стал играть роль их любимого внучка, который посещает и одаряет лучами родственного тепла. Они меня дико обожали, делились самым сокровенным, даже рассказывали об угрозах, с которыми к ним приходили представители российских государственных фарм компаний. Привет, НПО «Микроген»!

Отдать должное - их не пронимали ни звонки, ни взятки, ни даже смертельная опасность выйти после работы и не добраться до дома. Стопроцентно действовала на них человеческая доброта, чего им крайне не хватало в повседневной жизни, и что я им с огромным удовольствием дарил. Даже и не знаю, живы ли вы, мои старушки, из контрольного института им. Тарасевича на Сивцевом Вражеке? Я ведь вас до сих пор поименно помню!

Москва оставила колоссальный след и массу впечатлений. За первые несколько месяцев я познакомился с огромным количеством потрясающих людей, по-настоящему умеющих работать головой. Эта та элита, на которой и держится весь бизнес в непростых условиях в России. По одному они все коллекционно умные, но как соберутся вместе, то начинается адище с изощренными интригами, подставами и бессмысленной борьбой. А причина тому – тотальное недоверие всех ко всем, мнительность, подозрительность, априори с самого первого момента знакомства. Отсюда все печати, скрепленные подписями, визами и апостилями, согласования на всех этажах иерархической лестницы с подробной документацией, что сильно замедляет процесс и сказывается на конечном результате: усилий масса, выхлоп «околоноля».

Пришел момент и мне раздался звонок - из Пфайзера сообщили, что проверка рекомендаций прошла успешно, и я им подхожу, но в связи с глобальным экономическим кризисом, было принято решение все позиции в компании заморозить и набирать новых людей с помощью аутсорсинга. Это означало, что лондонское представительство должно было подписать контракт с рекрутинговым агентством или с контрактной исследовательской организацией, которая смогла бы нанять меня для работы в компании. Блять, надо - подписывайте и чешитесь быстрее, а то лето мы проебали, осень к концу клонится, скоро новый 2010 год, а я все еще нахожусь в вонючей Москве вместо того, чтобы наслаждаться жизнь в экологически чистом предместье Лондона.

За недолгие 9 месяцев в Санофи мне существенно удалось продвинуться в профессиональном плане и довести до логического завершения регистрацию некоторых вакцин. Параллельно, я смог сдать на водительские права с шестой, правда, попытки. Накатал пару тысяч километров на корпоративном Рено, благо, что 100 литров бензина в месяц оплачивала компания. Хорошие заработки, посещение неплохих ресторанов, концертов, музеев и театров, все это было именно в Москве, ритм жизни которой не останавливается ни на секунду. Это была разрушающая энергетика, не для слабых нервов, явно не для тех, кто живет и работает на износ без выходных и праздников. Но отсюда и яркость впечатлений, и ясные воспоминания о каждом дне тогда в далеком уже 2009, который был будто бы вчера.

Второй заход в ту же бритовеликанскую воду произошел зимой, в феврале 2010 года. Уезжал я в смешанных чувствах, понимая, что в случае с повторным проколом, еще одно возвращение на родину я не выдержу ни физически, ни морально. Меня не покидали мысли, что за несколько месяцев в Москве я сделал больше, чем за 2 года в Йорке, у меня стало многое получаться, жизнь налаживалась, теперь же мне предстояло начинать все снова с чистого листа.

Спустя многие годы жизни в Лондоне, я должен отметить, что интегрироваться в местное общество мне не удалось. Я по-прежнему считаюсь понаехавшим, с которым можно не считаться. Я с огромным трудом осилил английский язык, выяснив при этом, что темы разговоров с рядовыми англичанами довольно поверхностные и бытовые – что-то типа бесед о погоде, пирогах, детях, собаках. Никакого полета мысли, а значит и большого смысла одупляться в разговорах с коренным населением нет. Живу своей жизнью, с друзьями разговариваю по-русски, на работе на английском.

Мой информационный фон ограничивается новостными СМИ, типа newsru.com, «Эхо Москвы», Life news, конечно же, куда без этих габреляновских ублюдков. Разумеется, телеканал «Дождь», в купе с федеральными каналами, не столько для информации, сколько для общего развития - иногда там показывают неплохие телепродукты. Политические «орало» шоу на дух не переношу. Увлекательные выяснения у Малахова, от какого хача в этот раз залетела несовершеннолетняя Маша, тоже не моя тема.

Конечно же, первое лицо на повестке дня зашкаливает по частоте своего появления. Интересно считать у него новые морщинки и выпавшие волосинки. Потом через пару дней - хуяк, и снова как новый, глянцевый, аж светится. Спасибо тебе, Бог Ботокса, производившийся в то время компанией Аллерган!

Итак, этому счастью уже больше 24 лет. Сказать, что он заебал одним лишь своим видом всех нормальных и думающих людей - это ничего не сказать. Тем не менее, быдлонаселение Рашки он по-прежнему доводит до многократного оргазма. При его появлении принято писать кипятком и благодарить всевышнего за такой обалденный подарок. Пропагандистское телевидение, при всей очевидности масштабного вранья, в этом сыграло существенную роль, и теперь даже вполне образованные люди превратились в стадо баранов.

Это все меня не отпускает и на фоне сытой жизни в Лондоне, я мысленно в эпицентре всех событий. Единственное время, когда я могу погрузиться во все жизненные процессы - это когда я сплю. Мне снятся сны, их довольно много, и они увлекательные. Иной раз события растягиваются на несколько серий и длятся неделями. Огромное счастье, что у меня есть возможность проснуться, и отвлечься от этой адской летописи альтернативной реальности.

ВИТАЛИЙ ЗАГОРСКИЙ

Все-таки в России жизнь - настоящий ад, но этом и есть удовольствие жить в полную силу. Не жрать, спать и срать, как среднестатистические англичане, а жить. Пусть и не до 100 лет бессмысленного существования, а в лучшем случае до 50, зато полнокровно и эффектно. Проще говоря, охуенно!

В общем книга моя о моих снах, как компенсации нехватки говна в моей стабильной каждодневной повестке. Сразу оговорюсь, что я не ставлю задачу оскорбить чьи-либо чувства. Мои сны охватывают довольно острые темы о политике, науке, религии, даже географии. Те, кто верят в деда мороза и прочих лохматых богов, а также мысленно целующие Путина в его пухлые силиконовые ягодички, любители покричать про «Крымняш» срочно закройте и не читайте эту книгу.

В тексте есть места, которые вам дико не понравятся. Если же вам по душе моральное самоуничижение, и психологический садомазохизм, то добро пожаловать в мир просвещения, глядишь - и все ваши тараканы с каждой проченной страницей будут покидать ваш засранный мозг. Самый главный и важнейший дисклеймер – все герои и события выдуманы и являются плодом больной фантазии автора, все совпадения и имена, включая это предисловие и послесловие, абсолютно случайны.

Итак, поехали.

Сон номер 1. Наука о самом важном

В первом сне события разворачивались на кафедре акушерства и гинекологии Сеченовского Университета.

- Виталий Иванович, - обращается ко мне медсестра нашей клиники, пытаясь догнать меня в коридоре.

- Да, Катюш, - отвечаю я ей, замедляя шаг.

- Скорее идемте в ординаторскую, там по Первому каналу рассказывают новости про вас.

Заходим в ординаторскую, там вокруг маленького телевизора скопились все мои коллеги со всех этажей. На экране ведущая новостей Екатерина Андреева с завидной выдержкой вещает: «Сегодня в российской медицинской науке произошел переворот, которого не ожидал никто - ни врачи, ни профессора, ни российское общество. В клинике акушерства и гинекологии в Москве появился на свет ребенок, у которого два биологических отца. О том, как это произошло в репортаже корреспондента Первого канала Ольги Князевой».

На экране появилась моя фотография, где я в белом халате, а репортер начала свой рассказ: «Это Загорский Виталий Иванович, выпускник медицинского факультета МГУ, врач-акушер университетской клиники и старший научный сотрудник кафедры, который в настоящее время пишет диссертацию на соискание ученой степени кандидата медицинских наук. Область его научных интересов - экстракорпоральное оплодотворение. По нашей информации к Загорскому обратились двое мужчин, состоящих в нетрадиционных отношениях с просьбой помочь им стать родителями. Научная мысль завела этого горе-ученого довольно далеко, и он, подобрав донорскую яйцеклетку, удалил ядро с ДНК, которое содержит генетическую информацию женщины, заменив его на ядро сперматозоида одного из мужчин. Чтобы оплодотворить этот химерный яйцесперматозоид, Загорский добавил ядро сперматозоида второго мужчины, и процесс оплодотворения был запущен. Оплодотворенная клетка была подсажена суррогатной женщине, которая, спустя девять месяцев, родила здорового мальчика. Таким образом, биологическими родителями ребенка являются двое мужчин. Женщина, участвовавшая в эксперименте, выписана домой и избегает всяческого общения с прессой. Главный акушер-гинеколог России, президент общества репродуктивной медицины и хирургии, Лейла Адамян высказала свое мнение по поводу происходящего».

Тут на экране появляется наша всероссийская наставница, восхитительная Лейла Владимировна и вкрадчиво вещает со своим просто музыкальным армянским акцентом: «Подобные эксперименты переворачивают весь уклад нашей общественной жизни. Хоть данное открытие и является апофеозом репродуктивной технологии, и, с медицинской и научной точки зрения, крайне важно, тем не менее, не понятно каким образом мы будем определять юридический статус ребенка. Кто будет вписан в графе «мать», кто в данном случае будет значиться «отцом»? Почему этот эксперимент был проведен в стенах университета – главного медицинского ВУЗа страны, и как этический комитет дал добро на это исследование, совершенно не думая о последствиях, вот главный вопрос, который я собираюсь выяснить в ближайшее время. В конце концов, ответственность за опыты в области евгеники, которые запрещены во всем мире, еще никто не отменял».

Репортаж продолжается видеорядом кадров нашего института: «Реакция руководства медицинского университета, а также университетской клиники остается неизвестной. Религиозная общественность выразила возмущение и потребовала арестовать Загорского, расформировать клинику и отправить руководство университета в отставку. В настоящее время у университетской клиники проходит массовый пикет, организованный религиозным общественным движением «Божья воля». Руководитель организации Дмитрий Энтео сегодня не стеснялся в выражениях».

Упитанный Цорионов показался на экране на фоне клиники, изрядно исписанной граффити из серии «Остановим грехопадение и медицинский сатанизм», и зарядил свою высокодуховную речь: «Загорский - посланник дьявола, он совершил сатанинский поступок, результаты его деятельности, как и он сам, должны быть уничтожены. Благодаря его усилиям появился на свет ребенок - сатана, которому не место в христианском мире, его следует умертвить, а автора эксперимента вообще расстрелять».

«Ох и нихуя ж себе!» - подумалось мне, равно, как и моим коллегам, с которыми я переглянулся в гробовой тишине.

- Коллеги, - обратился к нам с расстановкой наш профессор Анатолий Иванович Ищенко, - в связи в широким общественным резонансом, вам запрещено давать какие-либо комментарии средствам массовой информации. Здание нашей клиники охраняет ОМОН, поэтому мы в полной безопасности. Все входы и выходы заблокированы. Если возникнут беспорядки, то полиция примет меры, поэтому прошу вас не поддаваться на провокации. Мы продолжаем наше работу в штатном режиме, по окончанию рабочего дня, будет организован спецтранспорт до метро «Фрунзенская». Просьба собраться в холле клиники и покидать помещение в составе организованной группы. У меня все, возвращайтесь к своей работе! Виталий Иванович, а Вас я прошу пройти в мой кабинет – подытожил свою речь Ищенко.

ВИТАЛИЙ ЗАГОРСКИЙ

Мы шли с профессором по длинному коридору и впервые в жизни мне стало жутковато. Очко напряглось, и я приготовился к худшему. Огромные окна нашей клиники выходили как раз на место пикета, через них я увидел большую толпу народа с иконами, крестами и хоругвями, много репортеров с микрофонами и операторов с камерами НТВ, Первого канала, России. «Не о такой славе я, конечно, мечтал» - думалось мне. Тягостные мысли о возможных последствиях, а также полная неизвестность ближайшего будущего меня просто выжигали изнутри. Сам того не заметив, я оказался перед профессором Ищенко в его кабинете. Он закрыл дверь, сделал многозначительную паузу и не стал приглашать присесть, решив, что серьезный разговор надо проводить стоя.

- Виталий - начал он трагичным голосом - ты знаешь как я к тебе отношусь, я всегда готов прикрыть твою задницу, даже если ты очень сильно не прав. Ты у меня самый перспективный сотрудник кафедры и клиники, и сегодня тебе удалось совершить настоящий прорыв в области репродуктивных технологий. Тему твоей диссертации утверждали мы на совете, после дичайших дискуссий и фантастической ругани. С некоторыми коллегами я до сих пор не разговариваю, кстати, из-за твоих научных художеств. Ты же совсем не в курсе предшествующих событий, одному богу известно каких нервов мне стоил твой чертов прожект. Но все это ради науки и ради тебя, мой дорогой.

- Спасибо, - сухо ответил я. - Анатолий Иванович, а как выплывать будем? - спросил я, с нескрываемой надеждой в глазах.

- Пока не знаю, Виталик, - по-отечески заявил профессор, - надо чтобы тема заболталась, а эти идиоты православнутые разошлись по домам. Юридическими аспектами результатов займется наш правовой отдел. Ребенка мы выпишем со справкой, в которой будут вписаны в качестве родителей твои два мужичка. Дальше в ЗАГСе пусть ебутся как хотят, не наш вопрос. Сука, в XXI веке живем, а до сих пор нет альтернативы, кроме, как «мать», да «отец». А ты, мой дорогой друг, с завтрашнего дня в бессрочном отпуске. Садись и описывай результаты своей плодотворной деятельности в диссертации. Можешь опубликоваться в научном журнале, чтобы усилить наши позиции в мировой науке. А эти долбоебы внизу поорут, да разбегутся, приняв сегодняшнее событие, как данность.

На этом моменте дверь неожиданно распахнулась и, с криками «лечь на пол, руки за голову», в кабинет профессора ворвались «космонавты» Росгвардии. Мое сердце ушло в пятки, и я от испуга я просто оцепенел. Чтобы меня привести в чувство, накаченный сотрудник хуякнул меня дубиной прямо по животу, от чего я согнулся пополам. Кто-то меня жахнул по спине сверху, в результате чего я оказался на полу в полуобморочном состоянии. В ту же секунду на моих запястьях щелкнули наручники, и меня подняли на ноги. Товарищ Росгвардеец в чине полковника с увесистым пузом сообщил мне:

- Загорский Виталий Иванович, Вы арестованы по подозрению в нарушении закона РФ о запрете клонирования.

- Какого клонирования? - попытался возразить я, - мое исследование совсем на другую тему. За что получил еще один увесистый удар дубиной в живот.

- Мне лично по хуй, какая у тебя тема - отрезал полковник, - следствие разберется. Уведите его отсюда, в пизду нахуй.

И меня, скрюченного пополам, два омоновца потащили по всем лестничным пролетам к выходу. Вся жизнь пролетела в моем сознании: почему-то особенно всплыли воспоминания об окончании школы, выпускном, на котором мы делились друг с другом большими надеждами на взрослую жизнь, провал вступительных экзаменов в медицинский, работа на кафедре анатомии в качестве лаборанта для поступления со второго раза, само поступление, учеба, первый секс в подворотне, заваленная из-за него сессия, зачистка хвостов, госэкзамены, получение диплома, клятва Российского врача, поступление в аспирантуру, колоссальные научные перспективы, а в итоге унизительный арест и позор на всю жизнь. Между тем меня довольно быстро доволокли до первого этажа, где около входа меня ждал автозак. Так как я был в позе креветки, то лиц людей я не увидел, зато услышал проклятия в свой адрес: «сатанист, ублюдок, скотина, мразь, чтоб ты сдох, падла». Во истину, православные люди очень человечные, всегда готовые ко всепрощению.

На самом деле, я благодарен ОМОНу за то, что они вывезли меня с поля боя, иначе от этих фанатов я бы домой живым не ушел. Меня грубо швырнули прямо на пол автозака, двери защелкнулись, и мы двинулись в путь.

«Бля, ну что за форменный пиздец?» - думал я, распластавшись в автобусе. «Как я мог так низко пасть, просчитаться, ведь сейчас где-нибудь в Кембридже меня за мое открытие на руках носили бы! Чего я здесь ловлю в этой банановой дикой стране, да еще и без бананов? Здесь же в пыль лагерную сотрут, под всеобщее улюлюканье, и даже не моргнут глазом. Только бы дальше не навредить себе, хотя куда уже может быть хуже».

Автобус тем временем остановился, и водитель заглушил мотор.

- Приехали, - грубо скомандовал ОМОНовец - вставай давай, уебок!

Я попытался встать, но не смог из-за наручников, в которые были закованы мои руки. Меня, как пушинку, подняли и поволокли через вход по какому-то длинному коридору, стены которого были покрашены в больничный зеленый цвет. Громадная металлическая дверь отворилась с диким скрипом, с меня сняли наручники и затолкали в душную и прокуренную камеру. В камере стояли двухъярусные кровати, стол посередине и лавки по бокам.

ВСЕ ЗАПУЩЕНО У ПУТИНА

На этих лавках сидело восемь мужиков со страшными, как смерть, рожами, которые с интересом что-то смотрели по телевизору, закрепленному на стене. На мое появление никто даже не обратил внимания.

В моей памяти сразу молниеносно всплыл случай, когда в наш роддом приехал какой-то очень крутой бандит. От его важных криминальных дел оторвала его баба, которая рожала ему наследника. Я сидел в ординаторской и заполнял истории болезни, а он довольно культурно попросился «покалякать с доктором», пока его баба мучается в схватках.

- Слышь, док, - обращался он ко мне, - тебе не остопиздело видеть одно и то же? Это ж ебануться можно от орущих пезд каждый день? Как ты тут еще кукушкой не поехал, нах?

Я автоматически ему кивал, слушая вполуха, при этом не забывая демонстрировать уважение человеку, который вооружен и в общем-то готов, если что, в любой момент меня расстрелять прямо на рабочем месте.

- У меня тут третья ходка была, я недавно откинулся, - продолжил он свое изливание души, - я решил постепенно от дел отходить, даже женился, что совсем не по понятиям, наследного принца заделал. Вот пробираюсь во власть через райсобрание, потом Мосгордуму, после чего в Госдуму. Займусь нормальным бизнесом по ходу своего движения, с пацанами договорюсь, как-нибудь.

Я, не отрывая глаз от историй болезни, ему продолжаю поддакивать, а перед глазами у меня же одни эндометриозы, преэклампсии, да кесаревы.

- Ты, док, даже не представляешь, как важно себя везде правильно поставить, - продолжал он. Вот меня, когда прогнали по этапу, отправив в Мордовскую колонию, привели в камеру. Сказу подскочил петушок, руку жать, чтоб из опушенных выбраться. Я-то, сука, был готов к таким подлянкам, поэтому сказал, чтобы он убирался на свое законное место под шконку. В общем, я поздоровался, назвал свое имя, статью, глазами идентифицировал смотрящего по хате, он восседал на самом валютном месте, где воздух посвежее, и все такое. Распорядился он меня прописать, заодно и прощупать, что я за чел, проверить на прочность. Там главное говорить правду, срок я чалил за дозу, которую мне менты подбросили, чтобы на сделку вывести, дабы я нашего пахана сдал. Я не пошел на такую авантюру, поэтому и сел. Короче, расспрос был с пристрастием. За мой мужественный поступок наш пахан прислал смотрящему маляву, гарантирующую мне защиту от беспредела. В общем, определили меня в мужики, так как правильно жизнь жил, с пидорасами не икшался, бабам куник не делал, с мусорами не сотрудничал. Полторашку отмахал, да и вышел по УДО, которое мне мои же кореша и пробили не бесплатно, конечно. Оставался человеком, понятия все соблюдал, может поэтому и выжил...

Однако не предполагал я тогда, что эта история мне так пригодится в самом ближайшем будущем.

- Вечер в хату, - обратился я к смотрящим телевизор, - я Загорский Виталий, обвиняюсь в нарушении закона о запрете клонирования, хотя никакого клонирования никогда не делал.

- Да мы в курсе уже, - прохрипел чей-то прокуренный голос из глубины камеры, тут по телеку целый день про тебя трындят! Проходи, располагайся.

Я прошагал вглубь камеры, владелец хриплого голоса указал меня на лавку, куда я должен был присесть. Мой собеседник оказался мужиком лет 45, с убитой напрочь мордой то ли от алкоголя, то ли от наркоты.

- Бондарев Алексей, смотрящий хаты, - представился он мне.

Я кивнул, но называть себя из-за неожиданно свалившейся известности, второй раз не рискнул.

- Значит, ты доктор, надо бы тебе погоняло придумать, - продолжил он. - Ты на пиздюка согласен? Ты ж гинеколог вроде? Нет?

- По большей части я занимаюсь наукой в области акушерства, - начал было рискованно парировать я.

- Это у нас пользуется почетом и уважением. Ведь нас никого бы не было, если бы не акушеры, - поддержал он. - Давай тогда будешь Эскулапом, чтоб не очень зашкварно было, да и погоняло будет точнее выражать твое нынешнее положение. Ты там пидорасам помог отцами стать?

- Я провел эксперимент, в результате которого появился на свет ребенок, которого 2 биологических отца, - начал я объяснение, понимая к чему смотрящий клонит. Это примерно так же, как групповуха, в результате которой появляется двойня, у которой два разных папы. Исключительно случайное слияние генетического материала. Пидорасы эти два мужика или нет, я не знаю, мне это даже неинтересно. Просто результаты показали, что развитие плода происходит абсолютно идентично при наличии двух сперматозоидов в пространстве яйцеклетки.

- Любопытно, - прохрипел мой собеседник. - Как теперь будешь жить с этим, какие надежды на будущее?

- Я возлагаю большие надежды на адекватное восприятие науки и определение меня в правильную иерархическую касту! - провозгласил я, даже испугавшись своей неожиданно появившейся смелости.

- Похвально, конечно! - одобрил Алексей. - Я не возьмусь самостоятельно принять решение. Так как случай у нас такой первый, мне надо будет шмальнуть маляву на свободу, а там уже как решат, так и решат. Положение у тебя шаткое - в женских гениталиях копался и пидорам помогал: и то, и другое в западло. Но, с другой стороны, ты как-никак доктор, помогающий детям прийти в этот мир, а они наше будущее. Ломать тебя не хотелось бы, а то выйдешь обозленный, как потом будешь роды принимать? В общем, я тебе характеристику нормальную накатаю, главное, чтоб тут те, кто выше стоят все одобрили и подтвердили.

Вдруг кто-то как заорет неожиданно: «Погромче ящик сделайте, там снова про Эскулапа что-то рассказывают!»

По телевизору транслировался канал НТВ, как я потом выяснил, он лучше всего ловился на портативную антенну. Там как раз начались новости в программе «Сегодня», и о боже, первая новость про меня. Видеоряд из нашей расписанной граффити клиники, кадры, как меня выволакивают в автозак и комментарий ведущего Владимира Чернышева за кадром:

«Сегодня врач университетской клиники акушерства и гинекологии, Виталий Загорский был арестован и помещен в СИЗО. Он подозревается в нарушении закона о запрете клонирования. Его псевдонаучный эксперимент привел к появлению ребенка, у которого два биологических отца, что противоречит природе и здравому смыслу. Этот печальный результат вызвал ожидаемое огромное недовольство в обществе, особенно среди верующих. Как всегда, на западе одобрили это с позволения сказать «открытие», и научное сообщество призвало российские власти немедленно отпустить ученого. Нобелевский комитет шведской Академии Наук собрался для экстренного совещания и большинством голосов было принято беспрецедентное решение о присуждении Загорскому Нобелевской Премии по медицине 2017 года. Разумеется, это решение было продавлено с нарушением устава Нобелевского Фонда, и оно будет оспорено».

- Считай, что ты себя обезопасил, - провозгласил мне смотрящий за хатой.

Из висевшего на стене динамика вдруг громко заиграла песня Любэ, начиная прямо с припева:

Да! А пожелай ты им ни пуха, ни пера.

Да! Пусть не по правилам игра.

Да! И если завтра будет круче, чем вчера,

«Прорвёмся!» – ответят опера.

Прорвёмся, опера!

- Опять, блять эти пытки, - пытался перекричать звуки песни Алексей, - будь готов слушать 4 часа эту хуйню, без остановки, это так начальство развлекается и перевоспитывает нас.

Вдруг что-то запищало. Я обратил внимание, что на его тумбочке стояли часы.

- Что это? - спросил я.

-Да, будильник, не обращай внимания, врубается, падла, в самый неподходящий момент, - отрапортовал мне мой собеседник.

Кристаллы сна растворились в небытие, я отключил будильник, а сам пребывал еще несколько минут в каком-то холодном поту. Затем подумал: «Как же хорошо, что меня выгнали из университета Йорка, и я не стал заниматься наукой, а то ведь вот как бывает!

Надо было вставать, умываться, собираться на работу. День начинался английской зимней кромешной темноте, я поехал по очищенному от льда и снега асфальту стоять в утренней пробке.

Сон номер 2. НТВ

С обытия вокруг НТВ, развернувшиеся в начале 2000-х для меня стали громадной личной трагедией. Это был приговор нормальному человеческому телевидению в России. Тогдашний владелец «Медиа-Моста» Владимир Гусинский не нашел общего языка с тогдашним президентом Путиным, пошел в ва-банк, поставив все, что у него было на Лужкова и Примакова. Газпрому, который выдал еще в 96 году, как тогда казалось, невозвратный кредит, разрешили потребовать эти деньги обратно. Так произошел отъем канала в пользу государства. Просчитался Владимир Александрович и очень сильно подвел как сотрудников канала, так и верных зрителей телеканала. Хотя, для него канал был всего лишь инструментом политического влияния, и, попутно, убыточным бизнесом.

А я ведь помню, когда в 1993 году на четвертой кнопке, НТВ начинало вещание каждый день в шесть вечера. Мне, тогда еще ребенку, было особенно по душе смотреть мультфильмы «Флинстоуны», «Том и Джери». Потом мне особенно близок стал НТВшный слоган «Новости - наша профессия», ведь, и сам канал, и журналисты ему идеально подходили. Дизайн силами команды восхитительного Семена Левина по меркам 90-х готов был продвинутым, изящным и обалденно творческим: компьютерная графика, музыка, даже титры - и те были с изюминкой. Осокин, Киселев, тогда еще очень даже красавица Миткова - причина моих первых поллюций, репортеры и обозреватели - все они были верными информационными спутниками в 90-е. Они профессионально и без особого нажима отработали выборы 96 года, за что новоиспеченный президент подарил им круглосуточную частоту, а не с шести вечера, как это было раньше. Казалось, вот она, счастливая жизнь в интересном и наполненном смыслом контентом. Канал развивался, появились новые проекты типа НТВ плюс, для чего был даже запущен собственный спутник с мыса Канаверал, звездные ведущие были на вершине славы, узнаваемы и любимы. Затем дефолт 98-го года, кредиты Газпрома, залупательство Гусинского сначала против семейки Ельцина, потом траблы с Путиным, закончившиеся Бутыркой, протокол номер 6, отказ от своей подписи на документах о продажи акций, и, как результат, тотальный проигрыш по всем фронтам. Большие бабки срубают крышу, и, Владимир Александрович, сделавший ставки по-крупному, да еще и не на тех, банально просрал все!

Тут, в Бритовеликании, иной раз включаешь НТВ, а там сплошная чернуха, криминал, продажные менты, «разоблачения» звезд шоу-бизнеса и представителей оппозиции. Один дрочащий Владимир Рыжков и, спящий со своей помощницей, Михаил Касьянов чего стоят. А всероссийская дележка денег Жанны Фриске? А высеры «королевы скандала» Леси Рябцевой? Вот так посмотришь секунд пять, и переключаешься на «Дождь» - хоть какое-то подобие нормального телевидения, хоть и далекого от метрового федерального канала, влияющего на умы!

Уснув в этот раз, я попал на 36 этаж здания «Газпрома» на улице Наметкина. Передо мной, на высоте 150 метров, открывалась панорама зимней вечерней Москвы. Город сверху выглядит просто потрясающе. Я, расположившись в одном из кожаных кресел, ожидаю Алексея Миллера, а пока на меня сморит фигура огромного ангела от пола до потолка, с мощами какого-то очередного святого внутри себя, на что попилились существенные бабки «национального достояния». Тема нашего разговора - телеканал НТВ, очень далекая от углеводородов. Я уже в курсе, что Миллер подготовил для меня интересное предложение, и я с нетерпением жду подробностей.

- Добрый день, Виталий Иванович, - сказал появившийся в дверях председатель Газпрома, сияющий и улыбающийся, и быстрым шагом направился в мою сторону, - извините за опоздание, только что с диализа.

- Здравствуйте, Алексей Борисович, - ответил я. Мы пожали друг другу руки и зафиксировали контакт взаимопонимания глазами. Расположившись напротив меня, Миллер начал свою речь:

- Виталий Иванович, я Вас пригласил, чтобы обсудить ситуацию вокруг нашего телеканала НТВ. Все больше меня беспокоит контент, съезжающий в жуткую плоскость желтизны и, страшно сказать, дебилизма. Телеканал стал агрессивным и жутко нервным, его смотреть стало неприятно. Необходимо вернуть интеллектуальную составляющую содержания и ориентироваться на людей, думающих и образованных, а не всякое провинциальное быдло, биомассу, он же чертов электорат, на который так рассчитывает Кремль.

«Ого» - подумал я, - «смелый какой, где ж ты раньше был с такими мыслями, немчура поганая».

- Время требует от нас перемен, - продолжил Алексей Борисович, - ведь мы же отстаем по всем фронтам, и технологически, и политически из-за принятой и одобренной практики оболванивания и оскотинивания населения. НТВ должно стать образцом просвещения и высокопрофессиональной журналистики. А там, гладишь, и другие федеральные каналы потянутся за этим стандартом качества. Виталий Иванович, Вы прожили долгое время за рубежом, и у Вас есть иммунитет от самоцензуры. Никто, кроме Вас, не вытащит канал на необходимый уровень. Костерина и Земский не справляются со своими обязанностями, Кулистиков до их появления исключительно только бухал, как черт, аж ослеп, Сенкевич недопроктолог вообще ноль, ему и жопу то доверить нельзя. Один Йордан был эффективным менеджером исключительно из-за своего американского происхождения и способности мыслить свободно, но его скинули, так как слишком хорошо работал. В общем, одна надежда и только на Вас, я бы хотел Вас попросить стать главным редактором вместо Костериной, которую мы переведем на одну из важных должностей в Газпром-медиа. Скажите мне, как Вы на это смотрите?

- Очень положительно, - оптимистично начал я, - но я готов сотрудничать при соблюдении важных условий: никакой цензуры, никакого телефонного права и никаких гонцов из Кремля от куратора всего ТВ господина Громова, свобода моих действий в информационной и редакционной политике, и наличие необходимого бюджета для создания профессионального контента, ведь качественное телевидение стоит дорого!

- Ваши условия логичны и вполне себе выполнимы. Я даю Вам полную свободу действий в рамках действующего законодательства. Если будут наезды или требования сверху, я Вас прикрою, - заверил меня Миллер, - если что, посылайте нахуй, точнее направляйте всех сразу ко мне. А сейчас мы должны поехать в редакцию, чтобы я Вас представил коллективу.

Мы спустились на лифте, предназначенном персонально только для Миллера, в подземный гараж, где нас ждал его Мерседес S класса с номером А593МР и еще один Брабус с вооруженной охраной. Конечно, для человека с немецкой фамилией походит только Мерседес, не на Жигулях же Миллеру ездить. Мы сели в мягкий салон, и два автомобиля перли по встречке с включенными мигалками, грубо нарушая правила. То и дело я вылавливал презрительные взгляды водителей и пешеходов. Некоторые люди в попутных машинах сигналили нам, кто-то не пропускал, при этом выдержка нашего водителя была железной, он не поддавался на провокации и не произнес ни слова, впрочем, как и сам Миллер. А я всю дорогу размышлял о том, как же это гадко и мерзко ехать и собирать на себе проклятия. Бедный Миллер, от всех этих лучей зла, исходящих от любимого народа, недолго и окочуриться. Я бы на его месте на велике до Останкина добрался бы, а быстрее и проще всего на метро. Между тем, в редакции НТВ мы оказались ровно через пятнадцать минут.

- Соберите, пожалуйста, весь коллектив, что доступен сейчас, в большой студии НТВ, - не поздоровавшись скомандовал Миллер Алексею Земскому, гендиректору канала, уже добродушно встречавшему нас в коридоре.

- Конечно, Алексей Борисович, - подобострастно услуживал Земский, - не желаете ли чай, кофе, пока все организуется?

- Не желаю, делайте, что Вам велено - отрезал председатель национального достояния.

Буквально через пять минут нас пригласили в большую студию НТВ, где записываются говнопрограммы типа «Место встречи» и прочая муть.

Земский открыл заседание следующими словами:

- Уважаемые коллеги, сегодня у нас с незапланированным визитом председатель Газпрома Алексей Миллер. Алексей Борисович, Вам слово.

- Спасибо. Коллеги, у меня есть основания полагать, что мы все хотим вдохнуть новую жизнь в наш телеканал, чтобы он заблестел по-новому. Это означает, что редакционная политика с сегодняшнего дня претерпит существенные изменения. Рядом со мной находится человек, который готов совершить, не побоюсь этого слова, чудо. Прошу знакомиться, Виталий Иванович Загорский, специально прибывший из самого Лондона, чтобы помочь нам обрести счастье и положить конец нашим страданиям. Господин Загорский с сегодняшнего дня назначается главным редактором телеканала. Александра Владимировна Костерина, где она, что-то я ее не вижу, а вот Вы где, я прошу Вас в ближайшие дни ввести Виталия Ивановича в курс дела и передать ему все пароли, явки и прочие жизненно-необходимые атрибуты. После чего приглашаю Вас в плановом порядке обсудить Ваш переход и продолжение карьеры в «Газпром-Медиа». Есть ко мне какие-нибудь вопросы? - завершил Миллер свою речь, оглядев при этом шокированный зал. - Если нет, тогда я вас оставляю с вашим новым главным редактором, а сам отправляюсь на встречу с Президентом обсуждать важные газовые, то есть государственные дела. Виталий Иванович, поздравляю Вас и желаю Вам удачи на новом поприще.

Я кивнул, выдавив из последних сил «спасибо», глядя, как Миллер спешно покидает редакцию, чтобы умчаться в Кремль на доклад фараону по вечерней зимней Москве.

Итак, передо мной сидела большая часть коллектива НТВ, которым я должен был что-то сказать, обозначить горизонты, наметить общее направление нашей работы. Честно говоря, я очень рассчитывал на Миллера, но он подошел к вопросу довольно формально. Ладно, начну, и будь что будет.

- Коллеги, Алексей Борисович представил меня, как главного редактора, это означает, что в ближайшие дни, недели и месяцы редакционная политика будет существенно модифицирована, то есть изменена. От нашего главного акционера я получил зеленый свет и одновременно с этим убедительную просьбу организовать нормальное, достойное своего зрителя телевидение. Долгое время НТВ было и остается образцом безвкусицы и аналогом ширпотребного желтого канала, который любой уважающий себя человек смотреть никогда не будет. Я понимаю ваше желание понравиться простому российскому народу, и полностью его разделяю. При этом я категорически убежден, что зрители заслуживают лучшего и большего, чем истории кого ебет Касьянов и сколько матрасов было у Шендеровича в момент его последнего коитуса. А уж ваши расследования на потребу публике про Лужкова перед его отставкой, я имею в виду «Дело в кепке, часть один и два», про Лукашенко, когда его надо было склонить подписать невыгодные по газовые контракты «Крестный батька», это вообще за гранью добра и зла. Короче, наш канал выходит на уровень не заказного и бесцензурного вещания в рамках законодательства РФ. Вашими силами население России долгие годы упорно дебилизировалось, вы внушали людям, что гордиться собственными миазмами - это круто. Новость про петуха из говна, слепленного в Якутии, была преподнесена вашими корреспондентами, как великое достижение науки и техники! Вы в своем уме были, когда пускали этот репортаж в эфир? Веселая новость? Весело вам, да? Взращиваете нужный электорат? В этой атмосфере будут жить ваши дети и внуки, неужели вы настолько долбоебы, что вам не жаль собственных детей? Первым моим распоряжением будет требование переформатироваться, стать свободными, перестать гнать непрофессиональную хуйню и заказуху! До недавнего времени ваша самоцензура вам помогала проявлять гибкость и переступать через себя. Для ипотеки, которую вам нужно платить, это верное тактическое решение. Но жизнь гораздо сложнее и шире ипотеки. Я уверен, что эта же гибкость вам позволить трансформироваться в людей со стойкой жизненной позицией. Я не спрашиваю вас о ваших политических взглядах - за Путина вы или за Пупкина, мне на это насрать. Я спрашиваю вас отличаете ли вы белое от черного, дерьмо от конфет, добро и зло? Вот этих общечеловеческих категорий вы и должны придерживаться в своей работе. Кто не сориентируется или не сможет - пишите заявление, незаменимых у нас нет. Никакой заказухи, никакой чернухи, увижу что-то подобное - повешу за яйца на Красной площади. Шутка. Ребят, серьезно, у НТВ есть шанс стать уникальным общественно-политическим и культурным каналом с высокими стандартами качества журналистики, заложенными в 1993 году. Вы должны мне в этом помочь. Кому неинтересно - на выход, с вещами. Теперь по программе передач пробежимся. «Ты не поверишь» - убрать из эфира, сериалы придурочные тоже убрать - одним менты, да убийства. «Ты супер» - пока оставить, шоу рейтинговое и нейтральное, но Такменева заменить. «Ментовский войны» - уже сказал, на хер с экрана. «Первая передача» и «Главная дорога» - дублируют друг друга, сложить в одну «Первая дорога, например». Про жрачку не более одной программы в один из выходных, Высоцкую выпилить, пусть выступает перед Кончаловским, они оба теперь Путина внезапно любят, им необязательно на экране ТВ задерживаться. Новости тоже потерпят существенные изменения, они будут начинаться с общественно - значимых тем: зарплаты бюджетникам, пенсии, коммуналка и что происходит на войне, а не сколько раз сегодня пукнуло первое лицо перед тем, как почесать яйцо. «Новости - наша профессия» - не забывайте, пожалуйста, этот лозунг. Особая просьба к корреспондентам - никаких передергиваний, от вас ожидается нейтральная подача материала, возможность всем сторонам высказаться, а также обязательно подтверждение событий как минимум из двух независимых источников. Идем дальше: образовательная часть канала должна быть сильно расширена. Прошу продумать темы для цикла документальных фильмов «Новейшая история», особенно раздел «Власть». Желательно иметь пару-тройку авторов, поочередно снимающих объективные и вдумчивые фильмы о результатах правления нынешней элиты, со всеми косяками и проблемами. Я переговорю с Павлом Лобковым на предмет его возможного возращения на НТВ, нам нужен его научный бэкграунд для передач на медицинские и биологические темы. Да, да, мы образовывать народ будем, что вы там глаза закатываете? Не нравится идея, так и хочется жить среди эволюционных отбросов в жиденьком говне?

«Сказал-то как про отбросы», - подумалось мне, «аж самому не по себе».

- А трансляция схождения благодатного огня? - продолжал заводиться я, - вы совсем что ли, уебаны паршивые, народ за тупорылое стадо держите: вы как начали ежегодную трансляцию проводить, так у вас огонь стал в одно и то же время сходить. Бога решили построить, долбоебы? Зарплату хоть ему больше, чем у Миллера назначили? Дальше идем: программу «Куклы» вернуть в эфир обновленном формате, права на нее сохраняются за НТВ. Шендеровичу предложить любое финансовое довольствие, но в пределах разумного, чтобы писал каждую неделю едкий сценарий. Киселева и Шустера выдернуть из Украины, чтобы вели обновленные «Итоги» и «Свободу слова». Если не согласятся, то черт с ними, придумаем другой формат и новых ведущих, менее продажных. Особая просьба поддержать меня по поводу возвращения Леонида Парфенова и его «Намедни». Чувствую, именно с ним будет довольно сложный разговор. Максимовскую переманить с ее места работы, она будет вести вечерние новости в 19:00 и 22:00. Надеюсь, ее дочь разрулила все обвинения в распространении наркоты? Сорокину на «Глас народа» или аналогичный формат, она, кстати, предпочтительней, чем хитрожопый Шустер, который ко всем недостаткам еще и слабоватый на передок. Почему мои заместители ничего не записывают? У вас, что, память волшебная, или вы еще не поняли серьезность моих намерений? Вам придется этих людей вызванивать и вылизывать с причмокиванием, чтобы согласились. Ведь послать вас на хуй, у них будет полное моральное право за все, что вы здесь натворили. Нам предстоит серьезная работа, направление развития я вам обрисовал, кто чувствует, что не справится, заявление на стол без рассусоливаний, хуйней я страдать тут не собираюсь. Вопросы есть? - обратился я к шокированной аудитории, в ответ тягостное молчание, - спасибо за внимание, за работу!

Народ стал постепенно расходиться, человек 20, включая престарелую и осунувшуюся Татьяну Миткову протянули мне бумаги с заявлением на увольнение. Первое, что я сделал в новой должности, с удовольствием подписал их вонючие челобитные и гордо заявил: «Собирайте свои вещички, только не прихватите то, что принадлежит не вам, и чтоб завтра я вас тут не видел».

- Александра Владимировна - обратился я к моей очаровательной предшественнице на посту главвреда, - я бы хотел, чтобы в 19-часовых новостях наша компания объявила о новом редакторе и немедленной смене формата, таким образом взяв обязательства по интеллектуальному наполнению канала и определению того пути, с которого уже будет невозможно свернуть. В промежутках между программами мы будем пускать информационные ролики, где все прошлое перечеркивается жирной линией, а я лично в кадре объясняю стратегию дальнейшего развития канала, приводя различные железобетонные аргументы.

Костерина не произнесла ни слова, но по ее глазам я понял, что ее мой нестандартный подход вштырил. «Эх, пизда в зеленом обтягивающем платье, была б ты постройней, да помоложе, я б тебя прям здесь смандил бы, чтобы убедить окончательно» - подумал я, но, как настоящий интеллигентный человек, эту мысль не стал слишком громко озвучивать.

В следующий момент я обнаружил себя в небольшой студии, где на меня была направлена камера и яркий свет.

- Виталий Иванович, у Вас есть текст, который надо завести на суфлере? - кто-то спросил меня из темноты аппаратной.

- Нет, все экспромтом, собственными слова, если запнусь, перезапишем - ответил я, заметно волнуясь.

ВИТАЛИЙ ЗАГОРСКИЙ

- Внимание, раз, два, три, камера, мотор - скомандовал тот же незнакомый голос, словно приговор произнес.

- Дорогие друзья, меня зовут Виталий Загорский, с сегодняшнего дня я являюсь главным редактором телекомпании НТВ. Эта компания вас массово обманывала и даже оболванивала, предоставляя к эфиру избирательные, желтые, лживые и заказные материалы в угоду политической конъюнктуре. Время телефонного права, госзаказа и тотальной коррупции прошло. Мы хоть и являемся по-прежнему телеканалом Газпрома, но отныне для нас не будет никаких табу и запретных тем. Если на информационном поле появятся данные про виноградники и замки Димона, самолеты и квартиры Шувалова, про детей Пескова, которые живут за счет Навки, дворцы Путина, мы об этом будем рассказывать. Разумеется, все эти незаконно нажитые богатства потребует немедленного ответа и разъяснений со стороны правительства и чиновников. Неприкасаемых у нас нет, поэтому мы будем их всех спрашивать настойчиво, до получения четкого и ясного ответа. Вы должны понимать, что все чиновники живут за счет наших с вами налогов, это мы им платим зарплату, поэтому спросить, что, как и почему - наша прямая обязанность. А НТВ, как средство массовой информации федерального уровня, просто обязано проинформировать своих зрителей о результатах их вялых оправданий про компот, например. Если мы с вами сформируем культуру взаимодействия между нами и ими, то наша жизнь, несомненно, улучшится. Мы изменим канал до неузнаваемости, да так, что вы будете спешить к телевизору, чтобы нажать четвертую кнопку. Приятного просмотра, дорогие друзья!

- Стоп, снято - скомандовал кто-то снова из темноты. - А Вы профи, Виталий Иванович, с первого дубля, да экспромтом, давно у нас такого потрясающего уровня не было.

- Благодарю вас! - успел ответить я до того, как зазвонил мой будильник на телефоне, и кристаллы этого сна растворились в утренней тишине.

«Как все-таки легко управлять общественным мнением через ящик» - думал я, возвращаясь в реальность, «а ведь, вправду, покажи народу жопу на протяжении полугода, они ж ее себе и в президенты выберут...»

Сон номер 3. Кремль красный, да Дом Белый

Более двадцати лет Путин находится у власти. За это время он прошел путь от демократа-западника, открытого для диалога с цивилизованным миром, до православного нео-коммунистического миллиардера-диктатора со слетевшей крышей от миллиардов денег и безграничной власти. За время своего президентства он ловко расправился с олигархами Ельцинской эпохи, перераспределив прибыли среди своих приближенных из кооператива «Озеро».

Эти посредственности из Питера в одночасье вошли в список богатейших людей журнала «Форбс». И все как с гуся вода: и панамские оффшоры, и виолончелист-кассир, сидящий на мешках с баблом, и многочисленные скандалы по коррупционным чиновникам разного калибра. Один уголовник Пригожин – повар и по совместительству владелец вооруженной банды головорезов, именуемой ЧВК Вагнера, чего стоит! Народ, как смотрел, на все это безобразие с похуизмом, так и продолжает смотреть, приговаривая: лишь бы не было войны, да дешевая водяра в магазинах бы не заканчивалась. Хотя и война случилась, и водяра подорожала, а просветления в скрепочных мозгах как не было, так и нет.

Засидевшись допоздна с телевизором, где показывали, как обычно только его, я удалился спать с одной лишь мыслью: «Как же этот ботоксный бабуин надоел, вот прям до тошноты! Сидит, трындит, сыплет цифрами, врет, и не краснеет, хотя, с другой стороны, чего можно ждать от бывшего сотрудника КГБ, этому их учат...»

Итак, засыпал я с мыслями о выборах в марте 2024. Уже было вполне себе понятно, кого посчитают победителем в этой неравной борьбе. Как следствие, еще несколько лет ада, связанного с параноидальной борьбой с постоянной внешней угрозой, Обамой-чмом, Саакашвили-дураком, хохлами-фашистами, и Америкой, которая во всем виновата, но так притягательна для российского чиновничества в качестве запасного аэродрома в момент, когда все в России накроется медным тазом.

Провалившись в сон, я с удивлением для себя, оказался около Кремля. Это было утро 19 марта, сразу после бессонной ночи тщательных подсчетов голосов Центризбиркомом. Весеннее солнце пробивалось сквозь облака, пытаясь растопить грязные остатки снега, раскиданного по Александровскому саду. Я проследовал между Историческим музеем и подземным сортиром и передо мной открылась Красная площадь, заполненная людьми, теми самыми, что в количестве 146% проголосовали "как надо". На специально сооруженной сцене предполагалось выступление придворных звезд, внушающих оптимизм и счастье от переизбрания сатрапа на еще один срок.

Но было очевидно, что что-то пошло не так: сцена была захвачена какими-то активистами, которые орали в микрофон непонятные слова. Из-за паршивого звука и поганой акустики, разобрать, о чем они там говорят, было невозможно. Я остановился около Мавзолея, поодаль от электората, в массе своей с утра, уже зарядившегося изрядной дозой спиртным. Водочный духан пробивал подобно Отривину мой заложенный от весеннего насморка нос.

Безуспешно пытаясь вслушаться в содержания произносимых речей, я заметил какое-то бурление около Спасской башни, будто бы несколько человек выволакивали в усмердь пьяного нарушителя порядка. Камарилья эта быстро приближалась к Мавзолею и мне молниеносно пришло осознание, что волокут они свежевыбранного Президента, довольно небрежно, по брусчатке, неровности которой, должно быть, доставляли ему много неприятных ощущений.

Четверо крепких парней взялись его растягивать за руки и за ноги под овации близко стоящей публики. Дикий страх и ужасную беспомощность я увидел в глазах когда-то всемогущего человека, поставившего раком, как он сам думал, весь мир. Сегодня же треножили его, с особой жестокостью и даже с каким-то извращением. Порвать, как бы они ни старались, им его не удавалось, и на помощь появился мужик с золотыми зубами и заведенной бензопилой. В один момент он направил свой слесарный инструмент прямо промеж президентских яиц. Хлынула кровь, забрызгав все вокруг, и две половины Президента остались в руках тех, кто его безуспешно пытался четвертовать. Они, недолго думая, швырнули останки к подножию Мавзолея, где бродячие собаки принялись за трапезу, свалившуюся к ним практически с неба. Под продолжительные и бурные аплодисменты я пошел к Спасской башне, чтобы проникнуть в Кремль и посмотреть, как будут дела обстоять дальше.

Без особых сложностей я миновал охрану и попал на пустынную треугольную Сенатскую Площадь и по ступенькам поднялся в Сенатский же Дворец. Именно там находится офис свергнутого только что самодержца.

- Виталий Иванович, приветствую Вас, прозвучало из глубины тускло освещенного холла.

Я начал всматриваться и вздрогнул: передо мной стоял Путин.

- Здравствуйте, Владимир Владимирович, - проблеял от неожиданности я, не веря собственным глазам, - вас же только что порвали на части и скормили собакам.

ВСЕ ЗАПУЩЕНО У ПУТИНА

- Меня? - удивленно спросил он, - тебе просто показалось. Так будет, если я упущу власть и покину Кремль раньше срока. Все, кто меня поддерживал, клялся в верности на крови, с удовольствием придут меня расчленить. Пойдем в мой кабинет.

Мы стали подниматься по лестнице, на которой лежала красная ковровая дорожка. От ослепительной золотой роскоши уставали глаза, хотелось просто бежать из этого царства безвкусия. Проходя по безлюдному коридору, Путин произнес:

- Виталий, я очень рассчитываю на твою благородную помощь. Чувствую, что не дотяну я еще один срок: здоровье уже не то и прыть, когда за 70 лет, не очень. Жизнь коротка, поэтому хочется ее завершить не бесславно около мавзолея, а где-нибудь на Лазурном берегу, там, где Люда со своим молодым мужем, мои дочери, мой сын, а так же внуки.

- Вы ничего не рассказывали про сына, - вырвалось у меня.

- Да, Алина родила в 2009, Димкой назвали в честь клоуна этого с амбициями Наполеона, чтобы он особо не зарывался властью, а то опасные это игры. Виталий, - продолжал он, - я страшно устал, все мои старания сделать страну сильной и независимой, самобытной и особенной, разбились о нежелание совкового народа что-то менять в своей жизни. Россия анти-прогрессивна, любые инновации - это угроза в сознании населения, привыкшего ходить в туалет в дырку во дворе. Сколько не улучшай этому быдлу условия жизни - они их не воспримут и никогда не будут благодарны. В общем, ты человек молодой, современный, я бы хотел тебя объявить своим преемником и премьер-министром вместо Мишустина, а затем, когда ситуация накалится до предела, я досрочно уйду в отставку, ты станешь и.о., а через 3 месяца тебя выберут в Президенты. Это может произойти через месяц или через год: в общем, в любой момент. Это будет последняя передача кресла через рокировочки, которые, как показало время, абсолютно деструктивны в долгосрочной перспективе. Твоя задача - вернуть культуру преемственности власти, чтобы после тебя было все равно, кто станет Президентом страны, хоть Вася Пупкин, но слаженные механизмы и процедуры не дали бы ему разрушить страну. А это достигается наличием сильных государственных институтов и строгим разделением полномочий, и независимостью законодательной, судебной и исполнительной властей. Как ты это будешь решать, я не знаю, но мне этого сделать не удалось.

"Не верю своим ушам" - подумал я - "как же твои слова не согласуются с твоей же сущностью заскорузлого циничного гэбиста".

- Виталий, мне необходимо, чтобы ты подписал указ о предоставлении гарантий неприкосновенности для всей моей семьи - продолжал он, постепенно открывая свое настоящее лицо.
- Еще я бы хотел тебе передать список тех, к кому юридических претензий после моего ухода быть не должно.

- Кто такие? - спросил я.

- Мои друзья из Питера, они же члены кооператива "Озеро" - ответил Путин.

- Без проблем - выпалил я на автомате.

А про себя подумал: "Если вас всех не будет на политическом горизонте, то это уже громадная победа и облегчение для страны, валите с миром, скоты".

Так незаметно мы оказались в Президентском кабинете.

- Присядь на мое кресло - попросил меня Путин.

Я присел и словно растворился, моя многострадальная геморройная задница никогда подобного блаженства не испытывала.

- Ну, как, нравится? - спросил Президент.

- Не жмет! - с иронией в голосе ответил я, повторив его же шутку, которую когда-то он воспроизвел сильно интересующемуся журналисту.

ВСЕ ЗАПУЩЕНО У ПУТИНА

Чтобы не привыкать к хорошему, я встал и пересел на кресло около приставного столика, за которым он принимает своих ходоков. Путин расположился напротив меня.

- Тебе придется перекроить всю политическую карту, - продолжал он, - многие будут возражать, но я где смогу, я их нейтрализую. Гарантии им нужны, чтобы они не особо залупались и не сожрали тебя с потрохами. Я донесу до них простую мысль о том, что их время давно прошло, и сейчас удобный момент предоставить все рычаги молодому поколению, умному, современному, прагматичному, высокопрофессиональному, а главное, свободному.

Я тут же поспешил уточнить некоторые технические детали.

- А как мне быть с Вашими дружками, теми, что стали в одночасье долларовыми миллиардерами? Чтобы Сечина свалить у меня никаких мускулов не хватит! А с Кадыровым чего делать? У меня от одного его вида пукан рвется на части!

- Виталий, - прервал меня Путин, - я поэтому и пригласил тебя, чтобы ты весь этот неразрешимый бардак разрулил. Поступай как знаешь, а там будь что будет, тем более что хуже уже некуда. В тот системе, что я отстроил, вход-то рубль, а выход – жизнь. Ты просто должен изменить данное положение вещей.

Мы еще долго сидели и тупо молчали, глядя друг другу в глаза. Мне многие говорили до этой встречи, что взгляд президента обладает каким-то магическим действием, он очень умеет нравиться и в процессе беседы способен легко переманить абсолютно любого человека себе в единомышленники. Но мне в тот момент было его по-человечески жаль, я видел перед собой ничтожество, загнавшее себя в угол и не понимающее, как выбраться из собственной западни. Я мысленно согласился помочь этому давно смердящему политическому трупу, чисто из-за человеческих соображений. Тем более, что было совершенно ясно и мне, и ему, что самые верные соратники, которых он мандил своими волшебными глазами, готовы в любой момент засадить ему нож в спину.

- Ладно, я согласен, - сказал я, оборвав нашу затянувшуюся паузу, - но только при условии невмешательства в мои дела. Я намерен принимать решения на основе своих представлений о добре и зле, а если Вы в чем-то со мной будете не согласны, то засуньте свое несогласие куда подальше.

- По рукам?

- По рукам!

Рукопожатие Президента оказалось вяленьким, сухенькая ручонка когда-то всемогущего феодала не внушала никакой дальнейшей исходящей угрозы. Боюсь даже, что ни себе, ни Кабаевой эти гэбистские обшарпанные пальчики уже давно были не в состоянии доставить никакой писькиной радости.

Через мгновенье мы очутились в Доме Правительства, том самом, что в 1991 году физически уберегся от штурма по заказу ГКЧП, спасая Ельцина, а в 1993 году уже с огромным трудом, но все же устоял от расстрела, утроенного самим же Ельциным.

В общем, оказались мы на четвертом этаже в роскошном Президентском кабинете, где нам подобострастно уже наливал чаек и ставил бараночки на стол сам Мишустин. Мы расселись вокруг стола и Путин начал свою речь.

- Михаил Владимирович, я хотел бы представить Вашему вниманию Загорского Виталия Ивановича, который по моему мнению в момент нынешних исторических вызовов наиболее всего подходит на должность председателя правительства.

После небольшой паузы, давшей Мишустину переварить все сказанное, Президент продолжил.

- Виталий Иванович специально прибыл из Лондона, где прожил последние двадцать лет, поэтому он как чистый лист бумаги, никак не связан с коррупционными схемами, в которых погрязли все мы. Я убедительно Вас прошу подать в отставку прямо сейчас, дабы не препятствовать дальнейшему прогрессивному развитию нашей страны.

Мишустин страшно побледней то ли от перспективы оказаться уже завтра на нарах, то ли от резко упавших доходов, практически до нуля. Короче, он не смог проблеять ни одного слова, только кивнул, демонстрируя свое согласие. Чтобы разрядить обстановку, мы отхлебнули немного чаю, и я позволил себя несмешной анекдот:

Медведев в 2016 году: «Денег нет, но вы держитесь». Мишустин в 2020: «Продержались? Молодцы! Теперь заплатите налоги».

Оба хмыкнули, но не заржали. «Хуево у вас тут с чувством юмора» - подумалось мне, но мы и это будем менять.

Мы поднялись этажом выше, в зал заседаний правительства, где уже собрались все министры и прочая челядь. Завидев Путина, все притихли и вскочили. Место председателя было старательно протерто от пыли, что аж блестело. Около стола были приставлены три кресла – одно в центре с гербом, два других по бокам попроще. Путин сразу сел посередине, мы с Мишустиным по бокам.

- Уважаемые коллеги, - начал Премьер, - у меня для вас две новости, и как водится в России, они обе плохие. Первое: с сего момента я прекращаю свою деятельность на посту председателя правительства и второе: кабинет министров в полном составе уходит в отставку. Я благодарю Вас за отчаянную работу, но те результаты, что мы с вами достигли оказались неудовлетворительными. Народ нас ненавидит, Президент нас держит только для того, чтобы мы только ничего не делали, а набивали собственные карманы и оффшоры. Наше время прошло, мы достаточно наворовали, теперь стоит передать бразды правления тем, кто выправит экономическую и политическую ситуацию.

ВИТАЛИЙ ЗАГОРСКИЙ

- Благодарю Вас, Михаил Владимирович, - продолжил Путин, похоже прихуевший от такой неожиданной откровенности Премьера. – Виталий Иванович Загорский назначается исполняющим обязанности председателя правительства с последующим внесением его кандидатуры на утверждение в Федеральное Собрание. Спасибо за внимание, а Вам, Виталий Иванович, я желаю удачи.

Тут же Президент и Мишустин ретировались. Я же пересел на кресло с гербом и обратился к сидящим:

- Неуважаемые коллеги, с сегодняшнего дня Вы отправляетесь в отставку, у нас впереди много дел по исправлению всего того, что вы наворотили. Что касается того, тех бабок, что вы наворовали – все остается на вашей совести, никаких расследований, гонений и посадок не будет, но при одном обязательном условии. Просто спокойно уйдите, соберите свои пожитки и проваливайте в свой сраный Лондон, Майами да Нью-Йорк. Россия дарит вам возможность насладиться всем, что вы из этой страны спиздили! Перед нашей встречей я ознакомился с досье, половина из вас скрывает второе гражданство, другая половина пыжится на благо страны имея постоянный вид на жительство в другой стране. Пиздуйте к своим детям, да бабам, они вас страшно заждались, не тратьте свое драгоценное время тут. Альтернативных вариантов у вас нет, будете если залупаться, то информация про ваши дела будет слита Навальному, который с большим удовольствием и очень талантливо сделает расследование. А если и после этого будете права качать, присядете лет на 15–20. Я давно задаюсь вопросом, как вы собственным детям и внукам в глаза смотрите то? Только конченные выродки могут воровать у собственных детей их же будущее.

Все присутствующие мужского пола потупили взор, а Голикова вытирала крокодильи слезы со своих всецело коррумпированных очей.

ВСЕ ЗАПУЩЕНО У ПУТИНА

«Какие же вы все жалкие» - подумалось мне, «с миллиардами на счетах, виллами и яхтами, а так беспомощны и убоги. Вот приняли решение вас разогнать, и в ту же секунду вы просто никто. Ноль без палочки, абсолютно унылое говно!»

- Уебывайте отсюда, чтобы вас никто больше не видел, у меня все! - А я дам пресс-конференцию, - сообщил я каким-то холуям, дежурившим около дверей, - пригласите, пожалуйста, журналистов.

Мгновенно зал заседаний был наполнен теле-радио и газетной прессой, включая старый добрый CNN и BBC. На мой премьерский стол наставили каких-то микрофонов, диктофонов, по периметру расположились операторы с камерами, несколько каналов лупанули срочный прямой эфир.

- Президент приступил к обновлению кабинета министров, поэтому с этого момента я назначен председателем правительства, - начал я не дожидаясь, пока все зайдут внутрь зала. Таким образом, все министерства остались без своих руководителей и замов.

- Кто придет им на замену? – прозвучал громкий голос журналиста агентства Рейтерс.

- У нас есть приличный кадровый резерв из числа тех, кто в свое время по тем или иным причинам эмигрировал из России. Это преимущественно молодые люди с достойным образованием и громадным управленческим опытом работы, которые очень ждали этого момента. Они готовы бросить все и приехать обратно за широчайшими возможностями, которых еще вчера не было из-за коррупции и кумовства, круговой поруки и небывалого постоянного лицемерия. Это люди с прививкой от исконно русского коллективного ублюдочного мировоззрения терпил, это те, которые не гадят, где живут, вместо этого постоянно заняты саморазвитием и продвижением всего нового и прогрессивного. Время срать в дырку во дворе и жить в обсосанных подъездах ушло. Вот прямо сейчас, взяло и ушло. Это отнюдь не значит, что все уличные сортиры одномоментно превратятся в туалеты с подогревом. Но водораздел произошел, потому что я с моей новой командой докажу, что жить достойно, при этом не брать и не предлагать взятки вполне возможно. Надо просто захотеть и все получится, а там глядишь, одна мысль отложить личинку на улице станет просто неприемлемой. Пришло время задавать новый образ жизни и образ мышления. Поверьте мне, населению России это очень понравится! Вопросы?

- Виталий Иванович, - заверещал как-то холуй, - просыпайтесь, на работу же опоздаете.

«Ебать копать, ну надо же, проспал» - вскрикнул я, резко вскочив с кровати. На часах было уже восемь утра. Через секунду я очутился в ванной, принявшись чистить зубы и умывать себя.

«Вот, интересно, российские министры хоть иногда задумываются о своем никчемном существовании? Ведь, в случае отставки, они настолько становятся уязвимыми. Это хорошо, если они успеют доехать до Шереметьево, а если нет, то что тогда?» - с этой мыслью я быстро оделся, вышел из дома, сел в холодную машину и поехал на работу.

Офис располагается в километрах пятнадцати от моего дома, как правило мой путь без пробок, и мне хватает времени, чтобы окончательно проснуться и обдумать увиденное. Каждое утро в противоположном направлении свой путь держит громадный Шевроле Suburban – катафалк с очередным клиентом ногами вперед. Я так часто вижу эту машину, что даже помню ее номер наизусть UR999NXT. Девятки в этом номере вычурно выглядят как три шестерки, а буквы UR как бы читаются «You Are», что в переводе означает «ТЫ», а «NXT» - это next, или по-русски «следующий». Это очень хорошее напоминание, что любой из нас в любой момент может там оказаться, в горизонтальном положении, да и в добавок в закрытом гробу. Эта машина подъедет к церкви, там священник безразлично прочтет давно заученный текст, разбитые горем родственники попытаются это как-то принять с помощью обнадеживающих сказок про жизнь после смерти. Затем гроб отправится в печку, тут же, при церкви, а урну с прахом отдадут родным через пару недель. А лет через пятьдесят никто и не вспомнит, что был такой замечательный человек, ведь жизнь без него отнюдь не остановилась. Вот, если применить эту модель к алчным и ненасытным власть-предержащим, которые рано или поздно тоже превратятся в кучу навоза, неужели воруя миллиардами и ненавидимые всеми, они об этом не задумываются. На что жизнь у этих моральных уродов уходит?

Сон номер 4. Со слезами на глазах

9 мая вся страна начинает сходить с ума – цепляют на все места ленточки цвета колорадского жука, наклеивают на свои подержанные тачки, зачастую немецкого производства, стикеры «можем повторить». Особо патриотично настроенная группа вываливает с портретами дедов с колонны «Бессмертного полка». Потом СМИ долго изгаляются, что эти портреты, отпечатанные в одной типографии, после мероприятия, оказываются на помойке. «Мы за ценой не постоим», «память предков», «никто не забыт» - сквозит из каждой аватарки. Люди, имеющие очень слабое представление об этой войне, пытаются примазаться, рассказывая друг другу сказки, как их великие предки сражались, не жалея жизней своих. Чаще всего, если уж кому в той мясорубке удавалось выжить, то это были вертухаи из заградотрядов НКВД или контрразведки СМЕРШ.

Участник Северной войны с Финляндией 1939 года, известный актер Юрий Никулин, о тех событиях вспоминать не любил, по всей видимости из-за того, что ничего позитивного и героического, кроме грязи, лжи и многомиллионных смертей, там не было. Хотя один анекдотичный случай про немецкого солдата Ханса, которого командир Никулина перекидывал через канаву к немцам и который, в полете от испуга пукнул, вызвав гомерический хохот с обеих сторон, Никулин рассказывал, но это было скорее из серии забавных баек. Не любили вспоминать войну и другие ветераны, вырвавшие победу вопреки всем обстоятельствам. Пиздеж про свои героические подвиги в основном практиковали либо ряженые, которым на момент мая

1945 было лет 5, либо штабные политруки, не имеющие никакого боевого опыта на передовой, зато профессионально уничтожающие собственный же народ в лагерях.

История времен СССР была максимально отшлифована. Никакого упоминания про пакт Молотова-Риббентропа и его секретные протоколы, которые сделали начало 2 мировой войны неизбежным. Ничего про Катынский массовый расстрел, ни слова про расстрелы на Бутовском полигоне. Но самое главное, никакого указания на то, что Сталин, урвав победу, обеспечил себя правовой возможностью насиловать собственное народонаселение еще долгие 8 лет. Бараки лагеря Дахау, где жестоко уничтожали людей, были впоследствии перевезены в мордовские лагеря, где и служат до сих пор. Немецкое качество, ничего не скажешь!

9 мая было обычным рабочим днем и при Сталине, и при Хрущеве. В конце 40-х безруких и безногих инвалидов войны стали выселять за пределы Москвы, чтобы не портили образ великой коммунистической страны Советов. Возвращавшихся из плена и незаконно угнанных на работы прямиком отправляли в ГУЛАГ мотать срок за предательство и госизмену. Брежнев – «герой» сражений на Малой Земле, очень любил праздники, поэтому в середине 60-х день победы был все же объявлен выходным. История лжи закольцевалась и день жуткого позора неожиданно трансформировался в день гордости за 27 млн уничтоженных людей. Расчеты примерные, посчитали еще не всех, но радость с тех пор льется через край, а отмечания идут на полную катушку.

Многие москвичи предпочитают 9 мая свалить подальше из Москвы, отдав ее на откуп провинциалам и проплаченным толпам бюджетников, принудительно пригнанных ходить весь день с портретами дедов. А ведь в 1995 году в свободной России праздновалось 50-летие победы. Я очень хорошо помню тот праздник и настроения людей. В Москву приехали лидеры более

ВИТАЛИЙ ЗАГОРСКИЙ

50 государств, включая Билла Клинтона, Джона Мейджора, Франсуа Миттерана, особым гостем был Гельмут Коль. Это был настоящий день примирения, по всей Москве развесили баннеры с американским, британским и советскими флагами, символизирующие совокупный вклад коалиции в Победу во Второй Мировой Войне. Ни одного упоминания Сталина в контексте победы. Но двадцати лет хватило, чтобы выяснилось, что такое прочтение истории не соответствует той выхолощенной и причесанной сказочке, придуманной при совке, с участием КГБ. В итоге, 9 мая, но уже 2022 года, никого из иностранных лидеров вменяемых стран не позвали, а вклад союзников коалиции в победу низведен до абсолютного нуля. По всей стране народ обвешивает свои машины, зачастую немецкого производства, колорадскими ленточками и наклейками «можем повторить». События в Украине ясно показали, что все-таки «не можем» ничего повторить, даже собрать свой автомобиль, не говоря уже про «Киев за три дня».

Мои деды не воевали из-за своего неправильного происхождения. За этническую принадлежность им пришлось пройти через трудовые лагеря. Мне нечего было рассказывать в школе про подвиги моих дедов, за что я каждый год 9 мая был подвергнут моральной обструкции со моих товарищей и особенно учителей. В памяти остались рассказы моей бабушки, как они в захолустных приграничных с Украиной районах оказались в оккупации. Дорога, представлявшая из себя глубокий и непроходимый ров, была срочно засыпана немцами гравием, на перекрестках появились указатели, жизнь стала налаживаться, население с большим удовольствием стало сотрудничать с новыми оккупационными властями, некоторые даже освоили немецкий язык и строили большие планы на жизнь, которая наконец-то перестала быть советской. «Освобождение» от немецко-фашистских захватчиков пришло довольно быстро, всех, кто был заподозрен в сотрудничестве с врагом, расстреливали на месте, дорогу вернули в исходное состояние, указатели все убрали. История, конечно, не знает сослагательного наклонения, но если б Сталин не закидал пушечным мясом «агрессора», то, глядишь, попивали бы сейчас баварское разливное.

Школа, кстати, преуспела больше всех в «чествовании» героев. Нам положено было скинуться ветеранам не печенье и чай, а это были 90-е, не у всех в семье водились лишние деньги. Тот, кто не скидывался, попадал под адскую обструкцию учителей и администрации, шли тяжелые разговоры с детальным расследованием финансового положения семей. В назначенное время в школу притаскивали ветеранов, которые с огромным трудом поднимались на второй этаж, а актовый зал. Мы должны были их встречать и помогать передвигаться, нежно поддерживая под руки. У всех без исключения ветеранов, к которым я был приписан помогать доковылять до актового зала, лично мне запомнился удушающий запах изо рта, за состоянием которого они, видимо, перестали следить еще при Сталине, причем это был запах не гнилых зубов, а характерный старческий запах смерти. Металлические коронки во весь оскал придавали вид им вид каких-то безумных биороботов марки «Старый Терминатор». Они все, как один, дурно пахли, ни черта не слышали, что им говоришь, еле ноги передвигали, и пока медленно, но верно доходили до актового, пиздели без умолку о своих подвигах, доводя меня до полуобморочного состояния. Вся церемония в актовом зале была похожа на репетицию их же собственных поминок, где о новопреставленных либо хорошо, либо никак. После такого перформанса провожать их до дома у меня не было ни сил, ни желания, поэтому я отсиживался в вонючем школьном туалете, который по сравнению со смердящими ветеранскими ртами, казался розарием.

ВИТАЛИЙ ЗАГОРСКИЙ

С этой мыслью я провалился в сон и обнаружил себя в Кремле, кишащий разными людьми, словно муравейник.

- Виталий Иваныч – окликнул меня кто-то в коридоре. Сквозь толпу ко мне пробирался Сурков с хитрой ухмылкой, - зайдите в мой кабинет, дело есть. Мы, минуя рабочую зону этого тонкого эстета, проследовали сразу в комнату отдыха, где, расположившись на роскошном диване, продолжили нашу незатейливую беседу.

- Виталий! – продолжил Сурков – мы долгое время ковали нашу версию 9 мая для поддержания рейтинга ему, - тут он поднял палец вверх, и все догадались о ком речь. – Но сегодня ситуация изменилась, народ, как оказывается, не идиот, знают, читают, выискивают. Более того, все наши фокусы с бюджетниками, согнанными за 500 рублей с портретами дедов, напечатанные в одной типографии, выплывают и становятся достояние общественности. В общем громадная ложь, придуманная нами, бьет очень больно по нам и особенно по нему – резюмировал Владислав Юрьевич, снова вознеся палец вверх. – Ты должен, – продолжил он – и только ты, поставить окончательную точку в этом царстве мракобесия. Вот личные дела ветеранов, которых мы пригласили на трибуны сидеть с главным рядом. Большинству из этих людей на момент окончания войны было лет 5, максимум 10, но они все с медалями и орденами. Самые древние тоже есть, они в 45-м встречали угнанных на работы и в плен, чтобы этапировать в советские лагеря. Возникла пауза, после чего Сурков добавил:
- Виталий, ни одного воевавшего тут нет, кроме пары вертухаев, отсидевшихся в тылу и всю последующую жизнь стороживших зэков. Люди, отдавшие свои жизни, как понимаешь, с сороковых годов не с нами.

На этих словах я остался в комнате один, листал личные дела, где были расстрельные списки, принятые к исполнению, доносы, записочки на соседей, коллег, друзей и даже собственных родственников с целью освободить жилплощадь и улучшить собственные бытовые условия.

«Как же так» - думал я – «откуда у людей, позиционирующих себя высоконравственными и духовными индивидуумами, такая хладнокровная жестокость? Как они живут после того, как стреляли в спину беззащитным, зачастую близким людям? Ходят, коптят воздух, рассказывают сказки про доблестное военное прошлое, гремят медальками, да орденами, ублюдки».

- Виталий, ты идешь? – прервал мои тягостные мысли до боли знакомый голос. Я обернулся и в дверях увидел Путина, а в его глазах душу, точнее мерзкую душонку КГБшника, наследника славных традиций НКВД. Часы показывали 09:55, мы двинулись по коридору на выход через Спасскую башню в направлении Красной площади. Как раз оставалось 5 минут, чтобы дойти и занять места на параде.

– Виталик, тебе надо будет выступить сразу после меня, - продолжил президент, - я объявлю тебя своим преемником, а ты скажешь свою программную речь о том, как ты видишь дальнейшее развитие нашей страны без лжи, вранья, очковтирательства. 9 мая – подходящий для этого случая момент, я надеюсь Сурков тебе передал личные дела «ветеранов-героев». Так вот, они подлежат ответственности за свои деяния, их преступления не имею срока давности, но сообщить миру об этом должен именно ты в качестве первого шага к самоочищению и началу жизни с чистого листа.

«Ну, конечно, самую грязную работу мне» - подумал я, но ничего не ответил этому наломавшему дров бывшему чекисту.

Между тем под одобрительный свист публики мы проследовали к своим местам, что были определены нам в самом центре трибуны. Я пристроился на пластиковое кресло, а Путин подошел к тумбе с двуглавым орлом и 4 пушистыми микрофонами.

- Товарищи солдаты и матросы, сержанты и старшины, товарищи офицеры, генералы, адмиралы, уважаемые ветераны, граждане России! - начал неловко президент, - Поздравляю вас с очередной годовщиной великой победы, победой в войне, ставшей суровым испытанием нашей государственности, испытанием народного духа, сплоченности, воинского товарищества.

Возникла пауза, прервавшаяся неуместными аплодисментами.

- Дорогие фронтовики, - продолжил Путин, - у каждого, кто выжил в той бойне и сейчас присутствует на трибуне есть своя история. Она известна и нам, все-таки я выходец из органов, где на каждого сохранено полное досье! Об этом и многом другом расскажет в своем выступлении Виталий Иванович, в качестве моего преемника, за которого я призываю голосовать на предстоящих выборах в марте!

Путин повернулся ко мне, незаметно подмигнул и показал жестом, что трибуна в моем распоряжении. А когда мы поравнялись, он мне тихонько шепнул: «Выеби этих мразей, по полной!»

- Дамы и господа, - с эхом пронесся по Красной площади мой голос, - простите, что так непривычно, но от слова «товарищи» мы должны удалить из нашего лексикона. Советское прошлое не дает нам покоя и висит тяжелым Дамокловым мечом надо нашими головами. Именно советское понимание истории господствовало вплоть до сегодняшнего дня. Вторая мировая война началась в сентябре 1939 года с агрессии фашистской Германии и СССР против Польши. Сталин дружил с Гитлером взасос, это трагическим образом сказалось на количестве жертв. Все твердят о 27 миллионах погибших, однако никто точного количества еще не посчитал, и, видимо, не посчитает. Действительно, какое это имеет значение для страны-агрессора. С нами на трибунах присутствуют люди, которые называют себя ветеранами. Я пришел сегодня не с пустыми руками, а с увесистыми личными делами на каждого присутствующего красавчика с медальками. Итак, 98-летний Юрий Двойкин, который в кепке. В 1942 году записался в армию добровольцем, но на фронт так и не попал. После окончания школы снайперов в 1944 году его в составе НКВД отправили во Львовскую область выполнять операции по ликвидации националистического подполья на территории Западной Украины. Интересная докладная товарища Двойкина у меня имеется в его личном деле, я бы хотел ее зачитать: «Мы мало знали о бандеровцах в то время. Они устроили охоту на нас, а в ответ в течение двух дней мы расстреляли более пяти тысяч человек, почувствовали себя хозяевами во Львове, на Украине.» В фуражке сидит Геннадий Зайцев, он родился в 1934 году и, разумеется, не участвовал в войне. В 1953 году его призвали на военную службу, после ее окончания он остался в армии, а в 1959 году начал служить в КГБ. А в 1968 году Зайцев участвовал во вводе советских войск в Чехословакию для подавления антисоветских протестов во время «Пражской весны». Бессменный руководитель группы «Альфа», созданной еще Андроповым. Удивительно, что среди нас сегодня нет известного ряженого Льва Гицевича, который лично арестовал Берию, воевал с 13 лет и работал со Сталиным. А его фото, где он рыдал около танка стала символической открыткой к дню Победы. Никому даже не пришло в голову уточнить у этого полусумасшедшего, почему каждый год он появлялся то в форме сержанта, то полковника, то в компании с фашистами, то с православнутыми, с наградами и крестами из царской армии, от власовцев и бандеровцев. Заслуженный дед, ничего не скажешь! Остальные в этом ряду, согласно документам в моем распоряжении – это вертухаи НКВД, всю жизнь безнаказанно стрелявшие в спину собственному народу. Вы все до единого военные преступники, не имеющие отношения к сегодняшнему празднику. Этот день станет днем вашего ареста и суда, невзирая на возраст и состояние здоровья. Срока давности у преступлений против человечности не имеется, вы будете отвечать за содеянное.

Тут подъехал автозак, выскочившие из него «космонавты» выстроили коридор, по которому деды, шаркая и утирая слезы, шли, медленно освобождая трибуну для транзита в СИЗО. Давящая тишина усугубляла и без того всю трагичную картину происходящего, было ощущение какой-то восторжествовавшей справедливости, что хотя бы к концу жизни эти палачи понесут заслуженное наказание за свои проделки.

- Итак, продолжил я, когда автозак с военными преступниками покинул Красную площадь, - ветеранов у нас больше не осталось, во многом благодаря усилиям дедов, что позорно покинули наш сегодняшний праздник отбывать заслуженное наказание. Жить прошлым совершенно невозможно, я больше, чем уверен, что вы ни черта не помните и не чтите героев Первой мировой войны, Отечественной войны 1812 года, вам насрать на подвиг народа под Полтавой, на Куликовом поле и Чудском озере. И это объективность, ведь мы это все проехали. Предлагаю оставить историкам все, что происходило в 39–45 годах, пусть они взвешенно подойдут к вопросу выверенной трактовки событий. На моем месте, на этой площади в мае 1941 года рядом со Сталиным присутствовали в качестве почетных гостей генерал нацистской Германии Эрнст Кестринг и полковник Ганс Кребс. До начала войны оставалось менее двух месяцев. А после капитуляции Германии появились сообщения о массовых групповых изнасилованиях немецких женщин солдатами передовых наступающих частей Красной армии. Как такое могло произойти, что было между 41 и 45? А в 39 что было во время дружбы взасос Сталина и Гитлера? Мы не знаем, а историкам предстоит до всего докопаться, найти виновных и, если те еще живы, передать тщательно проверенные материалы в прокуратуру. С завтрашнего дня указом президента доступы ко всем архивам будут открыты для всех желающих. А пока мы отменяем парад военной техники и армейских расчетов, как неактуальное и неуместное мероприятия. Вместо него мы проведем долгожданный гей-парад, правда же, Вячеслав Викторович? - обратился я к спикеру госдумы Володину.

Толпа рассмеялась, а Красная площадь мгновенно наполнилась теми, кого Гитлер еще недавно сжигал в печах, а Сталин мариновал в Гулаге только лишь за неправильную ориентацию. Заиграла ритмичная музыка Over The Rainbow, I Will Survive, Do You Wanna Funk, A Little Respect, и, конечно же, Bad Romance. Куда лучше заунывного Лещенко с его «Днем победы», да Зыкиной с «Мы за ценой не постоим». Я тогда подумал, что наконец-то нормальная музыка впервые зазвучала над Красной площадью!

Колонны людей с радужными флагами текли полноводной рекой, вот боевые геи спецназа, десантники-геи со скульптурными торсами, дальше полиция, целый ЛГБТ батальон, потом пожарные, врачи и медсестры-квир. Охренеть, все счастливые и радостные от той свободы, которой гордились деды, но никогда, к сожалению, не видели ее, ворвалась в нашу жизнь только сейчас, спустя 75 лет. Надо было автозак с дедами отправлять после гей-парада, была бы им хоть какая-то радость, что воевали их соотечественники не напрасно, перед судом и пожизненной отсидкой.

Попутно я вспомнил рекламу Спрайта, которую в 90-е снимали здесь же на Красной площади: «Она не настоящая блондинка и глаза у него не голубые, это линзы. Да и грудь у нее не настоящая, это силикон. А он вообще не интересуется девушками, у него есть друг. И одежда на них неудобная. И вообще единственная правда только в одном - они сейчас хотят пить». Надо же, как все-таки закольцевалась эта история.

Было визуальное ощущение, что народу вышло несколько миллионов, что движение на Кремлевской Набережной просто встало. «Куда же они свернули?» - вопрошал я. Пока кто-то из

ФСОшников не показал мне с дрона, что народ двинул в сторону Храма Христа Спасителя. «Я должен быть там, нельзя упускать такой шанс» - подумалось мне, и в следующую секунду я очутился перед закрытыми центральными воротами ХХС.

- Друзья, - начал я свою речь, обращаясь к толпе, - наша общественная жизнь подлежит существенным трансформациям. Вы граждане этой страны, а мне в марте, как я надеюсь, предстоит стать вашим президентом. Тогда вы сможете самостоятельно распоряжаться собственной жизнью, своим телом, душой, одним словом, судьбой, как принято в любых нормальных странах уже давно. Как показало время, эти страны не испепелял Господь, как Содом и Гоморру, сказочка оказалась ущербной. Наоборот, там, где свобода в выборе партнера – там счастье, посмотрите на статистику. Чтобы Россия перестала быть душной и мракобесной, мы разрешим регистрировать однополые браки и партнерские союзы в любом формате М+М, Ж+Ж, даже многоженство будет разрешено. А еще официально будут введены в эксплуатацию публичные дома, но это другой вопрос, я вас просто информирую. А сегодня я проведу первое таинство венчания в этом заведении, которое мы переименуем в Pussy Riot Church, переоборудуем эту богадельню в мировой гей-клуб номер 1 с бассейном «Москва» и сауной «Голубой Питер».

Центральные ворота будущего гей-клуба отворились и толпа, возглавляемая мой, проследовала в помещение, тысяч десять человек, не меньше. Сразу как-то организовалась сама собой радужная подсветка, что создавало определенное настроение. Я взошел на амвон, где стояла пара молодых людей в ожидании таинства венчания. Я лишь уточнил вполголоса, как зовут мальчиков. Ими оказались те самые Денис Гоголев и Михаил Морозов, которых в 2003 году уже пытался обвенчать один из нижегородских священников, за что все участники тех событий съели тонну говна. Троллинг был знатный, но сегодня все было по-настоящему.

Я начал причитать полушутя-полусерьезно: «Венчается и обручается раб Божий Денис с рабом Божьим Михаилом во имя Отца и Сына и Святого Духа». Возникла пауза, которую я прервал: «Ребят, я очень рад персонально за вас, и за наше освободившееся общество, отныне вы полноправные участники нормальной жизни, без назидания и давления со стороны государства и окружающих. Вы войдете в историю, как первая однополая пара, свободно скрепившая свою любовь узами брака. Как известно, Бога нет, поэтому не его стараниями, но благодаря вам Россия начнет прозревать и становиться цивилизованной страной. Как сказано в сборнике сказок древних еврейский скотоводческих племен, имеющий уши слышать да услышит, а всем присутствующим хочу наказать, внемлите, как вы слышите!»

Раздались оглушительные аплодисменты, врубилась музыка – ремикс песни «Этот день победы!» с голосом Льва Лещенко под ритмичные биты, все танцевали, обнимались, целовались, заказывали напитки и закуски из организованного прямо на амвоне бара, было всем очень классно!

Пи-пи-пи-пи, пи-пи-пи-пи, - запищал будильник, я вскочил и сразу в телефон, новости узнавать. Первое, что выскочило на экране - президент Владимир Путин поручил создать на базе Национального медицинского исследовательского центра психиатрии имени Сербского новый институт, который среди прочего займется исследованием поведения ЛГБТ-людей. Об этом сообщил министр здравоохранения Михаил Мурашко во время обсуждения законопроекта о запрете «смены пола» в Госдуме. Другими словами, в России будут применять конверсионную терапию, направленную на изменение сексуальной ориентации с гомосексуальной на гетеросексуальную. Разумеется, гомосексуальность будет рассматриваться как болезнь, вопреки мировому научно-доказанному пониманию этого явления, как нормы. Неужели Мурашко настолько плохо учился в институте, что не знал этого? Вот Гитлер и доктор Менгеле этого не знали, поэтому пытались очищать немецкую нацию от непонятного им сброда. Как показала практика, уменьшить количество гомосексуалов это не помогло, зато Германия после оздоровления разрешила однополые союзы со всеми вытекающими последствиями. Самые красочные гей-парады, кстати, проходят теперь именно в Германию.

Давно установлено, что существуют физиологические основы для развития гомосексуальности. Гипоталамус – участок головного мозга, ядра которого у гомосексуалов меньше, чем у гетеросексуальных собратьев. Такое явление наблюдается в живой природе у полутора тысяч видов животных, и в любой популяции, невзирая на усилия по его истреблению в концлагерях и Мурашкиных институтах. Гомосексуальностью нельзя заразиться, что было доказано в наблюдениях за детьми, воспитываемыми в однополых семьях. Возможно, так как у человека все сложнее, чем у животных, это можно обрести в результате психотравмы. Но не из-за гей-парадов или той самой пропаганды, якобы от которой гей Володин защищает детей, вероятно появившихся через суррогатную маму. С 1986 по 2009 годы все исследования не смогли предъявить ни одну научную, доказанную, эффективную методику по изменению сексуальной ориентации. В большинстве своем, участники исследования продолжали интересоваться своим полом, многие вообще теряли интерес к любому из полов, а многие лишь обретали психологические проблемы, доводившие некоторых вплоть до самоубийств.

Таким образом гомосексуальность невозможно изменить. Таких людей в любой популяции и в любой культуре будет около 10%, так задумано природой. Так как зачастую это касается двоих совершеннолетних партнеров, вступивших в союз по обоюдному согласию, то почему бы государству не перестать влезать в чужую постель.

Разумеется, однополая семья в виде мамы и бабушки, в формате которой воспитывалась половина России, гораздо благоприятнее для психики ребенка. Как быть с чайлдфри семьями? Как быть просто с одинокими людьми, не желающими вступать ни в какие союзы вообще? Вот девственник Вассерман, заявивший об этом открыто, тоже должен быть объявлен нетрадиционным и ломающим скрепы?

Страны, что уровняли в гражданских правах гомосексуальные семьи наравне с гетеросексуальными, по статистике являются самыми счастливыми. Ни у кого из детей в детском саду, например в нашей Бритовеликании, не возникает вопросов, почему за Джоном пришли два папы или две мамы. Это с малых лет понятно и приемлемо для всех!

Кстати, у гомосексуалов бывают дети, поэтому мысль о том, что мы все вымрем, не выдерживает никакой критики. А Господь, существование, которого совсем не доказано, не испепелил пока страны ЕС и США, как Содом и Гоморру, так как ничего антиприродного или антибиологического в гомосексуальности нет! Если бы Мурашко лучше учился и не прогуливал лекции, то до такой очевидной омерзительной глупости он бы не стал опускаться. Но, к сожалению, он предпочел лизнуть недалекому престарелому ботоксному фюреру-гомофобу, ведущему здоровый образ жизни в бункере в крепких объятиях пресс-секретаря Пескова и репортера Зарубина. Въеду в Кремль, сразу же отправлю их всех на принудительную терапию в их же говно-институт.

Сон номер 5. Я видел в Чечня много всякой фигня

Этот сон, да и глава мне тяжело дались, я очень долго приходил в себя, и читатель сейчас поймет почему. Кадыров – это настоящее животное, погрузившее собственный народ в средневековье, присоединивший Россию к Чечне. В 90-е он воевал на стороне ваххабитов против федеральных войск, но потом, неожиданно для всей армии, взлетел на самый верх и стал единоличным правителем республики. Дикарь, именующий себя академиком, герой России, орденоносец, генерал-полковник, практикующий пытки, похищения и заказные убийства из списка 300 личных врагов, подлежащих уничтожению. Если вы читаете эти строки, то это значит, что книга вышла после позорного краха режима и, как следствие, нейтрализации Кадырова.

24 сентября 2008 года на моих глазах был расстрелян Руслан Ямадаев, прямо в центре Москвы, на Смоленской набережной, демонстративно и внаглую, всего лишь из-за того, что два кортежа с двумя баранами Кадыровым и Ямадаевым отказались уступать друг другу дорогу на трассе «Кавказ» в районе Гудермеса.

Ровно так же демонстративна была убита Политковская, Немцов, Эстемирова, оставшиеся братья Ямадаевы. Его все боятся, даже Путин, поэтому и откупается, отваливая из бюджета неприлично огромную дань почему-то дотационному региону, который просто напичкан залежами нефти и месторождениями газа, которых хватило бы на безбедное существование на много поколений.

- Откуда деньги Рамзан? – спросила его как-то Марианна Максимовская в интервью.

- Аллах даёт. Не знаю. Откуда-то берутся деньги. – отвечает Рамзан.

Вот и поговорили...

У меня две отвратительные истории, связанные с Чечней, заставившие меня сильно повзрослеть. Первая – это взрывы домов в 1999 году, а вторая – захват заложников в «Норд-Осте» в 2002 году.

Начну чуть издалека – 31 августа 1999 года – отличная погода, у нас день первокурсника, мы поступили в МГУ, впереди была учеба и интересная, насыщенная студенческая жизнь. «Погнали на Манежку, погуляем» - предложил кто-то из новоиспеченных студентов. Это предложение нашло отклик у многих, в том числе и у меня, и мы все толпой словно проплывали над городом, парили из метро в сторону «Охотного ряда» - а там Макдональдс, онлайн салон с почасовым выходом в интернет, игровые автоматы. Жизнь прямо налаживается на глазах. У фонтанов пофоткались, в Александровском саду потусили, на Красную площадь зашли, даже до гостиницы «Россия» добрели, а там снова в метро: «до завтра? – до завтра!»

Вернулся я домой в приподнятом настроении, включил телевизор, а там экстренный выпуск новостей – теракт в «Охотном ряду», лифты, на которых мы катались еще пару часов назад, сорвало, игровые автоматы, на которых мы играли, оказались просто смяты, Лужков трындел про очевидный чеченский след, а Гэбуха взялась за расследование. Это был первый теракт перед серией взрывов домов в России, вошедшей в историю как «черный сентябрь 1999».

Не успел я настроиться на учебу, как случились очередные трагические события одно за другим:

ВИТАЛИЙ ЗАГОРСКИЙ

4 сентября 1999 взорвался пятиэтажный дом в Буйнакске, 64 человека погибло.

После чего 9 сентября взлетела на воздух девятиэтажка на улице Гурьянова, 106 человек лишились жизни.

13 сентября последовал взрыв на Каширском шоссе, отправив 124 человека на тот свет, среди которых наша студентка, поступившая вместе с нами и проучившаяся чуть больше недели. В здании МГУ некролог, большая трехлитровая банка с цветами, слезы, горе.

19 сентября – Волгодонск, взрыв, унесший 19 жизней.

22 сентября – Рязань, то ли сахар, то ли гексоген, жители дома отделались испугом.

В таком ужасе было страшно засыпать вечером, каждый шорох вызывал дикую тревогу и учащенное сердцебиение, а утром мы нарадоваться не могли, что проснулись живыми. В нашем подъезде организовали дежурства, надеясь, что принятые меры нас защитят. Паника чувствовалась на улицах, любое лицо «кавказской национальности», а также женщины в платках и длинных юбках вызывали подозрение. Разумеется, хорошей учебе такая атмосфера не способствовала, напряжение росло, было просто страшно жить. В сухом остатке – независимое расследование не было проведено, парламентская комиссия так и не была создана, экспертизу проводило ФСБ, а паренек, который зафиксировал гексоген в мешках с сахаром в Рязани вообще на пресс-конференции через два года, сообщил, что не было у него газоанализатора. Все напрочь засекретили, адвокат Астахов, который «защищал» жителей в Рязани, уговаривал их не судиться с ФСБ. Работу выполнил на отлично, получив очередное повышение и теплое место омбудсмена по правам ребенка. Удивительным образом взрывы прекратились, как рейтинг Путина поднялся с 31 до 80%, что гарантированно давало ему возможность въехать в Кремль.

ВСЕ ЗАПУЩЕНО У ПУТИНА

Дальше – хуже. В 2000 году был взрыв в переходе на Пушкинской площади, 2001 – взрыв на «Белорусской», потом Астрахань, Каспийск, Владикавказ, снова Москва, да не один раз. А 23 октября 2002 года случился «Норд-Ост».

Наверное, этот день я не забуду никогда, потому что мне позвонил один друг, мой тезка, который занимался профессионально хореографией и сказал, мол, есть возможность сходить либо на «Норд-Ост», что на Дубровке, либо на американский мюзикл «42 улица», что показывали в МДМ. Я подумал-подумал и ответил, что «Норд-Ост» очень привлекателен, но ехать не очень удобно. А это среда это была, у меня возникли дела в районе Фрунзенской, поэтому выбор МДМ казался более разумным. Мы договорились с ним встретиться без четверти семь около входа. Когда я подошел к зданию, все напрочь было перекрыто, в толпе прошел слух, что ждут Ельцина с Наиной. На улице было прохладно, лупил снег с дождем, мы стояли и мерзли, ожидая пока туша президента-пенсионера не доедет с мигалками, чтобы пройти в зал. Потом уж должны были заходить мы, обычные смертные! Только ленивый не покрывал всю эту унизительную ситуацию пятнадцатиэтажным матом, а мне подумалось, что лучше бы я согласился пойти на «Норд-Ост», там казалось поспокойнее.

Я наконец-то отыскал своего приятеля, мы вошли в зал и расположились на своих местах. «На сегодняшнем представлении присутствует первый президент Российской Федерации Борис Николаевич Ельцин» - торжественно объявил голос через громкую связь. Почти весь зрительный зал, аплодируя встал, а я продолжал демонстративно сидеть, активно ставя анлайк жестом в виде большого пальца вниз, приправляя все это негромким звуком «Фууу!», дабы не навлечь на себя внимание ФСО. «Какое ж вы все-таки необучаемое быдло!» - думал я, - «вас всех только что унизительно держали на холоде из-за этого алкаша, а вы радуетесь и приветствуете его, как родного».

В общем мюзикл начался, все роли исполняли иностранные артисты с Бродвея на английском языке. Для непонимающих английский были предоставлены наушники с устройством, через которое шел синхронный перевод. Ельцин и вся его свита, владеющая только русским и то со словарем, разумеется, смотрели это шоу с переводом, что не добавляло очков в их коллективный IQ. Зрелищный спектакль завершился небольшим джемом, который устроил оркестр. К оркестровой яме подошли Борис Краснов – постановщик-декоратор российской версии, Лариса Долина, Александра Пахмутова со своим Николаем Добронравовым. Даже мне дали возможность продирижировать оркестром, всем было радостно и кайфово.

Все эти персонажи затем отправились за кулисы выпить с Ельциным, продолжая нализывать зад президенту-пенсионеру с причмокиванием! Продолжили они этот беззастенчивый лизинг и Путину. Одесситка Долина стала уверенным голосом Z-операции против Украины, Пахмутова, присягнувшая всем генеральным секретарям СССР и президентам России, лобызала все 23 года Путина так, что ему самому порой неудобно было перед людьми. Очередной юбилей композиторши сопровождается одной и той же песней: «Ой, ВладимВладимирыч, ой, как приятно, спасибо, счастья вам, крепкого здоровья, спасибо за награду, это большая честь, и давайте чайку попьем, и хуе-мое!» За 93 года Александра Николаевна оставила глубокий отпечаток нежных композиторских губ на всех государственных жопах от Сталина до Путина. Не уверен, что Добронравову на правах супруга хоть что-то перепало, его уже не спросить, так как первый, что называется, пошел.

Мне непонятно только одно – ну она же пришла домой в тот день, скорее всего включила телевизор и увидела ужас, творящийся в «Норд-Осте», который случился по вине Путина и его игр в войну в Чечне, неужели ничего не щелкнуло в сердце, не оборвалось в душе? А Лариса Долина, неужели не связала политику президента и тот теракт? Неужели настолько деньги не пахнут? Они же сами в тот день рисковали быть захваченными прямо на шоу «42 улица», тем более что путь террористов начался у Лужников и пролегал через МДМ, который рассматривался в качестве одной их площадок нападения.

Вы только вдумайтесь, красный Ford Transit, синий Volkswagen Caravelle и белый Dodge Ram 250 с головорезами и оружием неслись по вечерней Москве мимо нас, когда мы в компании с Ельциным смотрели мюзикл. Почему не заехали, тем более что им было очень по пути? Наверное, их кураторы из ФСБ предупредили, что лучше взять «Норд-Ост», там Ельцина и прочей вип-компании точно не будет.

Начались тягомотные и трагичные 56 часов, закончившиеся применением неизвестного газа и уходом из жизни 130 человек. Отлично сработало НТВ и Эхо Москвы, они выводили заложников в эфир, пытались их успокоить, показали штурм здания утром в субботу не в прямом эфире, в чем потом их обвиняли, а в момент, когда бездыханных людей выносили и складывали на крыльце ДК. Наверное, террористы уже к тому времени уже не смотрели телевизор, а были заняты позированием для фотосессии напрочь убитыми, но с бутылкой коньяка в руке, элегантно срежиссированной ФСБ. Отлично и профессионально сработали корреспонденты «Намедни», оперативно сумев подвести итоги операции «по спасению». За это Путин накидал хуев в тележку гендиректору НТВ Борису Йордану, обвинив во всех смертных грехах, припомнив американское гражданство медиаменеджеру и уволив его с телеканала.

Каждый год 23 октября я отмечаю, как второй день своего рождения. Смерть тогда по касательной прошла около меня, промчалась мимо по Комсомольскому проспекту в сторону Дубровки. Уже тогда стало кристально ясно, что Путин со своей дороги никуда не свернет, невзирая на человеческие потери. Решение уехать из этого токсичного имперского и опасного для жизни болота тогда было принято окончательно и бесповоротно.

В контексте этих раздумий мне приснился Дон Кадыров, который пришел по вызову в мой кабинет кандидата в президенты в Кремле. Я помню проходящий через весь сон животный страх от одного его взгляда, вон он сидит передо мной, еще не начал говорить, а очко уже сжалось.

- Вызывали, Виталий Иванович? – начал осторожно Дон со страшной жутко одутловатой рожей.

- Да, Рамзан Ахматович, вызывал, есть разговор, – с подчеркнутым уважением выдавил я из себя. – Рамзан, как вы понимаете, в марте я стану президентом страны, которая должна будет встать на путь самоочищения. Вам в новой России места нет, так как в вашем послужном списке похищения, пытки и убийства людей, что в цивилизованном мире оценивается как безусловное и тяжкое преступление. В Чеченской Республике будет современный руководитель, который окажется способен воплотить наши реформы в жизнь. «Сука, ну что же ты так пялишься своим сверлящим взглядом, обосраться от страха можно с тобой» - подумал я, пытаясь скрыть дрожь в ногах и руках.

- Что вы предлагаете? – пытаясь разрядить напряженную обстановку, спросил меня Кадыров.

- Я инициирую всероссийский референдум по признанию прав ЛГБТ через легализацию однополых союзов, - начал было я разъяснять «академику», который быстро перебил меня.

- Чечня на это никогда не согласится, у нас нет геев, они шайтаны, дон, это против наших традиций и религии, дон.

- Рамзан, видите ли, в чем дело, Россия – светское и цивилизованное государство, и, хоть вам сложно поверить, но геи есть везде, даже у вас в республике. Их права должны быть и будут защищены. Вы обязаны прекратить свою порочную практику преследования, пыток и внесудебных казней таких людей. Ваши методы по конверсионной терапии совершенно неприемлемы. Мы готовы закрыть глаза на ваши прошлые преступления, если вы подготовите до марта свое население и уговорите принять тот факт, что гомосексуальность – это абсолютная норма, даже в Чечне. После чего мы ожидаем 146% на референдуме за однополые браки. Если вы откажетесь, то пожизненное заключение вам гарантировано в Соликамской колонии УТ89/14 «Белый лебедь», да, именно там, где неожиданно для всех умер ваш коллега Радуев. Для усиления моих аргументов я прошу вас пройти в комнату отдыха, где с вами продолжит беседу наш лучший, даже элитный боец Президентского полка по имени Акроман, лейтенант казачьих войск. Этот тот самый, что когда-то утопил и задушил своего любовника-арт-директора и поставщика кокаина гостям клуба Leps Bar, Рахмана Неймарк-Коена, на почве ревности. Это к вопросу об отсутствии гомосексуалов среди чеченцев.

Раскрасневшийся Рамзан без слов поднялся со своего места, прошел к двери комнаты отдыха, нерешительно открыл ее и скрылся в потемках этого закрытого для посторонних глаз помещения. Я же открыл спец приложение на телефоне и моему взору предстала картина со встроенной в стену видеокамеры. Акроман с голым торсом и в кожаных штанах находился в довольно развратной позе на диване в окружении свечей и благовоний. Рамзан безмолвно сел рядом, Акроман начал его обнимать, постепенно раздевая, ласкать соски, волосатую грудь.

Акроман был по совместительству элитный эскортник для членов правительства, ГосДумы и Кремля. Его нельзя было купить ни за какие деньги, он выполнял задачи государственного значения. Если нужно было убедить Жириновского, Володина или Хинштейна принять сомнительный закон – Акроман выводился на сцену, точнее направлялся с ними в сауну. Он был молчаливым, делал свое дело профессионально, нежно и эффективно.

Хуй у Дона вскочил мгновенно, Акроман принялся за работу, нежно вылизывая ствол, целуя яйца, брал глубоко во всю свою многострадальную государственную глотку. Рамзан постанывал, сидя с закрытыми глазами. Было очевидно, что Медни никогда не доставляла мужу столько удовольствия, несмотря на наличие у них 12 детей. Затем Акроман снял с себя штаны, едва не порвавшиеся из-за собственной железобетонной эрекции, встал раком, намазал очко маслом и придвинулся к Рамзану на том же диване для ебли. Дон не растерялся и вошел в нашего качка своим жалом. Такой жаркого секса мне не приходилось видеть ни в одной порнухе. Кадыров ебал его так, что дым шел, было даже немного страшно за бойца. Минут через 10 все завершилось каким-то неебическим оргазмом, причем синхронно, у двоих сразу. Диван подлежал санитарной обработке, а Дон отправке обратно в свой кишлак убеждать жителей наконец-то стать цивилизованными.

Тут я проснулся в жутком поту раньше положенного, с чувством адского омерзения от увиденного. Разумеется, не так надо решать проблему гомофобии в горных районах северного Кавказа. Подобный дискурс должен вестись авторитетными профессионалами от медицины и науки, возможно эволюционным путем. Еще недавно в США общественное мнение по поводу гомосексуальности было крайне негативным. Харви Милк был убит в 1978 году за свои убеждения, а в 2015 году во всех штатах США были узаконены однополые браки. Вот и в России уже через каких-то 50 лет в ЗАГСАх по всей стране будут регистрировать, а в ХХС венчать всех желающих независимо от их ориентации. Мракобесие длиться бесконечно не может, хотя в России возможно абсолютно все.

Сон номер 6. Еще не Познер

Это по счастью последний сон, что мне приснился и запомнился. Я так долго писал эту книгу, что попутно случился Ковид, затем бойня в Украине и ордер международного уголовного суда в Гааге. Я предполагал, что именно этим и закончатся фокусы, которые Путин выкидывал все эти 24 года пребывания на престоле. Еще задолго до ордера мне снилось, как Путина судят, он получает пожизненное за многократные преступления против человечности, с ним рядом Шойгу, Кадыров, Пригожин, Медведев, а также человек 30 воспевающих войну артистов и пропагандистов.

Итак, я проваливаюсь в сон, и мне снится студия Первого канала в Останкино, вокруг беготня, подготовка к важному прямому эфиру, интервью с военным преступником Путиным, только что приговоренным отбывать пожизненное заключение. Познер, который должен был вести эфир, почему-то в моем сне отправился к маме Жеральдин, папе Владимиру и брату Павлу на небеса, ему было не до нашей суеты. А я был вызван Эрнстом, каким-то образом, избежавшим наказания, но быстро адаптировавшимся к новой нормальной жизни.

- Виталий, будет прямой эфир с трансляцией во все страны мира с синхронным переводом, - перехватил меня Эрнст по пути в гримерку, - ожидаемая аудитория около 6 миллиардов зрителей, не подкачай.

- Ни хрена себе, - ответил я, устраиваясь в кресле для нанесения грима и почувствовав серьезный мандраж от свалившейся на меня ответственности, — а как с ним разговаривать то, главное, о чем?

ВИТАЛИЙ ЗАГОРСКИЙ

Он скользкий кагэбэшник, который всю дорогу врал, это же его профессиональная черта.

- Не в его нынешнем положении, - успокоил меня Эрнст, - сейчас-то он готов все рассказать от начала до конца. А для нас это будет завершением истории, с которой мы все ужасным образом налетели с ним во главе. Ему исповедь, а нам окончательные похороны режима, принесшего одни беды и страдания.

- Хорошо, сделаю все от себя зависящее, вы мне только в ухо фактическую часть подсказывайте, а то я не все его злодейства помню за 23 года то, - попросил я, и, покинув гримерку красивым и причесанным, направился в студию.

В громкоговорителе прозвучало «до прямого эфира 10 секунд», обратный отсчет дошел до нуля и запустилась заставка новый программы «Поздно».

- Многому вопреки, добрый вечер! – начал я эфир, - меня зовут Виталий Загорский, сегодня на обновленном Первом канале впервые выходит программа «Поздно», которая станет достойной заменой программы «Познер». Владимир Владимирович, к великому сожалению, покинул нас, с началом войны в Украине ментально, а недавно и физически со всеми своими паспортами и гражданствами. Другой Владимир Владимирович, к не менее глубокому сожалению, жив и здоров, он отбывает пожизненный срок по приговору Гаагского трибунала за многократные эпизоды преступлений против человечности. Итак, первый гость нашей программы – Владимир Путин, военный преступник и кровавый маньяк, принесший горе и страдания всей планете. С омерзением и зажатым носом, я через «не хочу», приветствую вас, Владимир Владимирович.

На экране появился постаревший Путин, восседающий на стуле на лужайке парка Схевенинген в оранжевой тюремной робе в солнцезащитных очках, прикрывающих наглый особистский взгляд.

- Здравствуйте, Виталий Иванович, - ответил мне Путин.

- Как самочувствие, почему в черных очках?

- Спасибо, не жалуюсь, день сегодня солнечный, сильно слепит.

- Я бы хотел сегодня у вас выяснить, как вы дошли от президента больших и высоких надежд для населения России до банального и кровожадного массового убийцы, получившим пожизненное, что этому поспособствовало, и какие были предпосылки.

- Я готов вам все рассказать.

- Прекрасно! Пойдем издалека, в 1985 году вы приезжаете в Дрезден руководить отделом КГБ в восточной Германии.

- Все верно!

- Что входило в ваши обязанности?

- Вербовка неонацистов для провокаций, установка контактов и шантаж тех, кто владел и мог передать важную информацию, устранение ненадежных персонажей с помощью ядов, не оставляющих следов в организме, которые мы тогда разрабатывали и тестировали.

- Ничего себе, - выпалил я, никак не ожидая такой откровенности, - вы отдаете себе отчет, что признаетесь в еще больших преступлениях?

- Мне все равно, я приговорен сидеть до конца жизни, поверьте, хуже не будет точно. Поэтому я действительно готов вам рассказать все, так как терять мне нечего.

- Спасибо! Почему все-таки вас отправили служить именно в Дрезден, это же такая периферия Восточной Германии?

- Действительно, никаких суперсерьезных заданий я не получал, официально числившись переводчиком, был вхож в Штази, приглядывал за советскими гражданами, прибывшими в Германию, особенно за нашими студентами, также смотрел за агентами и предателями. Аналитические записки направлялись мной в Москву. В начале ноября 1989 года за несколько дней до падения Берлинской стены я предупреждал Крючкова, что такой вариант развития событий очень вероятен. Перевода в ФРГ я так и не дождался в связи с объединением Германии и потерей наших ресурсов. Я должен отметить, что была и другая причина, по которой ФРГ и другие страны западной Европы оказались закрыты для меня. За 10 лет до Дрездена я выполнял одно важное поручение КГБ в Бонне, где меня довольно быстро арестовали и экстрадировали в СССР. В Ленинграде и Москве я прошел переподготовку, дослужился до майора и уже с набором необходимых навыков был отправлен в Дрезденский отстойник, куда помещали самых бесперспективных. Даже восточный Берлин мне не доверили. Вообще, в отместку я мечтал, чтобы меня завербовали иностранные разведки, чтобы стать в перспективе перебежчиком, но я им был абсолютно неинтересен. В итоге пять лет спустя, ничем особенным себя не проявив, кроме поиска контактов с ФРГ, меня отозвали в Ленинград, а год спустя, я, разочаровавшись в КГБ, где каждый первый оказался предателем, покинул контору, как тогда казалось, навсегда. Мой оперативный псевдоним был «Моль», что говорило многое об истинном отношении моего работодателя ко мне. В 1990 году, после возвращения в Ленинград контора меня направила в резерв в ректорат ЛГУ, а затем присматривать за профессором Собчаком, которого как раз двинули в Ленсовет. Собчак как раз был тайным осведомителем в КГБ, но его нужно было контролировать, так как по причине своего гуманитарного образования, он мог и не заметить, что враги его используют втемную.

- Получается, что демократ и оппозиционер Собчак был вашим? То есть профессиональный стукач взял на работу собственного куратора?

- Да, действительно так! Контора не спускала поводок никогда, даже в момент развала страны в 1991. Собственно, поэтому мы смогли вернуться во власть, так как везде были внедрены наши сотрудники. Собчак был жадный ворюга и демагог, очень аморальный тип, подлый и похабный. Нарусова же его вторая жена, а первая жена Нонна Гандзюк прожила с этим ублюдком 20 лет, у них даже дочь была. В какой-то момент Собчак закрутил роман с ее лучшей подругой, как раз с Нарусовой, а у Нонны видимо из-за стресса случился рак груди, закончившийся операцией по удалению. Разводились они тяжело, через суд, где Собчак публично заявил, что жена-инвалид без сисек его больше не возбуждает и он испытывает к ней глубочайшую брезгливость.

- Очень интересный штрих к портрету демократа Собчака. А как была организована ваша работа, когда тот стал председателем Ленсовета?

- Мы стали зарабатывать! В Питере тогда был голод, почти как в блокаду. Очереди из обезумевших людей, которые стояли за хлебом, водкой, сахаром, устраивали мордобои. Собчак понял, что это прекрасная возможность срубить хорошо деньжат. Он меня направил в Москву к Гайдару выбить полномочия на выдачу лицензий для продажи сырья из госзапасов, чтобы на вырученные деньги купить продовольствие городу. Гайдар тоже был взяточник, поэтому наши два чемодана с долларами за свою подпись на этой бумаге он взял с удовольствием. За пару месяцев мы удачно толканули сырье - нефтепродукты, цветные и редкие металлы, лес за границу, а деньги распределили по-братски. Контролировалось все бандитами сначала из солнцевской, а потом и тамбовской ОПГ. Кумарина помните? Вот он всем и дирижировал.

- М-дя, однако... А чем еще занималась ваша демократическая команда?

- Мы выдавали лицензии на работу казино. Разумеется, эта сфера тоже контролировалась бандитами, которые заносили нам с Собчаком в качестве взноса за сам документ и так называемую «абонентскую плату» за возможность продолжать работать. У меня и у Собчака были счета во Франции, и каждую неделю я их пополнял наличкой через Питерской подразделение банка Credit Lyonnais, который в свою очередь переправлял все во Францию. Затем в город стал поступать морским путем кокс из Аргентины. На этом зарабатывал Кумарин, а нам отстегивал процент за общее покровительство. Многочисленные объекты недвижимости в Питере были переданы во владение фирмам тамбовской братвы. Всех неугодных менеджеров и дотошных акционеров они перестреляли, сажать было бессмысленно, так как за небольшую сумму денег все равно кого надо выпускали. К моменту введения в эксплуатацию Петербургского Нефтяного Терминала мы смогли оформить оффшоры в Монако и Лихтенштейне для отмывания денег, что можно тогда было делать нагло и открыто. Собчак не любил и не умел общаться с бандитами, эту задачу он возложил на меня, а сам только подмахивал бумажки.

- Значит, ваша роль состояла в налаживании контактов между криминалом и мэрией? Людей голодных не было жалко?

- В целом, да, моя жизнь была организована с учетом предлагаемых обстоятельств. Страна разваливалась, никаких перспектив не просматривалось, поэтому это был момент для заработка больших денег. А что касается людей, то у них тоже была возможность вписаться в новые условия, пусть и с огромным риском для жизни. В Питере тогда по несколько заказных убийств в день случалось. Самые безбашенные заплатили собственными жизнями, самые ушлые выжили, кто-то спился и снаркоманился, но никто не мешал простому парню из Питерской подворотни, такому, как я, срубить бабла. Тогда, собственно, и работал механизм под названием «естественный отбор», что в итоге пошло на пользу эволюции.

- Куда тратилось все наворованное непосильным трудом?

- В основном, в Испанию. Я еще в 1994 году присмотрел неплохое место в Торревьехе, где планировалось инвестировать в агентство недвижимости, которое смогло бы продавать квартиры и дома состоятельным гражданам из России. Детали этого события можно узнать из уголовного дела 144128, закрытого и отправленного в архив после того, как я стал и.о. президента. А в то время меня уполномочили выкупить целый жилой дом, в котором были квартиры для Собчака, Кудрина, Маневича, Кожина. Из бюджета Петербурга на нашу компанию «ХХ трест» выдали кредит на строительство объектов в городе, но все деньги были переведены сразу же в Испанию. Деньги вообще в стране было оставлять не принято, все выводилось за рубеж, иначе все разворуют другие. Некто Кабачинов, возглавлявший тогда контрольно-ревизионное управление размотал этот клубок, но неожиданно сгорел в бане в конце 1999 года. Прокурор ударился в религию и ушел в монастырь, а следователь Зыков до сих пор живет, пытались мы его посадить, но безуспешно, он все это время ходил и оглядывался.

- Понятно! Скажите, как же так получилось, что в 1996 году Вы, возглавив предвыборный штаб Собчака, провалили выборы и потеряли такое хлебное место?

- О, это была целая спецоперация! К середине 90-х все криминальные схемы постепенно стали изживать себя, и я начал осознавать, что быть связным между бандосами и властью, стало как-то мелко, да и опасно. Про воровство Собчака знали в Москве, и это сильно раздражало Ельцина. На переговоры со мной Коржаков делегировал Бородина, который пообещал мне перевод в Москву и более крупные суммы для заработка. Мне полагалось ничего не предпринимать в качестве руководителя штаба, а передать все управление Нарусовой, с которой Собчак гарантированно пролетал, как фанера над Парижем. В главные соперники Собчаку поставили его же заместителя Яковлева, который был очень осведомлен о внутренней кухне в Мэрии, знал про все схемы, про воровство, кумовство и контакты с бандитами. Именно Нарусова по причине совей умственной отсталости, убедила Собчака выйти на дебаты в прямом эфире на Ленинградском ТВ с Яковлевым. Тот три часа возил его мордой о стол, что окончательно обрушило рейтинги Мэра-демократа. В итоге, естественным путем, Ельцин избавился от несговорчивого Собчака, который после поражения не угомонился. Был так же план устранить Собчака, либо посадив, либо физически уничтожив. Чтобы избежать мокрухи, я предложил, уже работая в Москве, разводку по «вывозу и спасению» Собчака, на что получил одобрение от Ельцина. Собчаку удалось смыться в Париж, как тогда казалось, навсегда. Но он не понял намека и решил вернуться в 1999 году, чтобы снова идти во власть, на этот раз в Госдуму, почуяв, что я рвусь в президенты. А когда Ельцин назначил меня и.о., Собчак, не без участия Нарусовой, начал меня поучать, давать советы, довольно громко позиционировать себя в качестве учителя и наставника. Меня это раздражало и это, и то, что он слишком много знал, а чуткости и ума сбавить обороты ни у Собчака, ни у Нарусовой не хватало. Поэтому на помощь пришел наш кадровый сотрудник Шабтай Калманович, который пригласил Собчака в баню в Светлогорск, выпить и трахнуть наших же штатных шлюх. Все мы были в курсе, что у Собчака было больное сердце, в связи с чем, крючок у него стоял так себе. Он сидел на мощных лекарствах от гипертонии, что в тот вечер было заменено на Виагру, чтобы не облажаться в приятном обществе из двух наших элитных эскортниц. Виагра не была простая, а разработанная в нашей лаборатории еще советского КГБ, и приводящая к неминуемой смерти через 15 минут после приема. В общем, у Собчака ожидаемо не выдержало сердце. А исполнителя Калмановича пришлось устранить спустя 9 лет, вызвав на встречу в Кремль, и расстреляв по пути, в районе Нового Арбата.

- Так что же, получается, Калмановича тоже вы?

- Ну, конечно, мы, а кто же еще?

- Хорошо, точнее, ничего хорошего! – выдавил я из себя, едва находя моральные силы продолжать эфир. – Давайте перенесемся теперь в август 1999 года, когда Ельцин назначил Вас на должность премьер-министра. Какие события прошествовали этому, почему выбор пал именно на Вас?

- У Ельцина было много кандидатов и преемников, но он в силу своего полукоматозного состояния ничего не решал. Таня-Валя двигали преемников для смотрин у Березовского и прочих олигархов, затем Ельцин должен был формально одобрить выбор любимой дочери и зятя. Задача у их семейки стояла шкурная – сохранить собственность и получить неприкосновенность. Немцов не стал бы идти на такие компромиссы, Аксененко был отбракован Чубайсом, Степашин оказался подкаблучником, обсуждал все с женой, которая любые договоренности могла легко перерешать. В итоге, в праздничном меню остался только я, меня уговорил Березовский, как последнюю надежду на сохранения капитала, заработанного непосильным трудом. Было страшно соглашаться, так как страна в то время представляла из себя жалкое зрелище, и, честно говоря, я полагал, что выбор я с треском проиграю Лужкову-Примакову, получу от них хлебную должность в каком-нибудь Газпроме, а с олигархами и семейкой – будь что будет. Березовский стал архитектором моей победы: сначала он придумал аморфную партию «Медведь», параллельно с этим устроил мочилово Лужкова-Примакова на Первом канале устами талантливого и харизматичного Сергея Доренко, уговорил меня на страшную разводку со взрывами домов в Буйнакске, Москве, Волгодонске, хоть и собственными силами террористов, но завербованными нами. Когда мы поняли, что обезьяны эти все делают не так, как им приказано, мы взялись за дело сами и пытались взорвать дом в Рязани, где бдительные граждане и менты схватили нас за руку. Пришлось сбивчиво объяснять народонаселению, что проводились учения с сахаром. После этого случая практика поднятия моего рейтинга на славянской крови прекратилась. Это стало причиной для начала второй чеченской войны, благодаря которой к декабрю 1999 года мой рейтинг был около 80%. Главная задача была этот рейтинг не растерять, что к моменту следующих выборов летом 2000 года, было сделать чрезвычайно легко, поэтому на высоте моего электорального успеха Ельцин неожиданно покинул Кремль, застав всех врасплох, и дав мне возможность взойти на трон уже в марте 2000 года.

- Позвольте мне вернуться к высказанной Вами мысли о том, что Березовский уговорил Вас пойти на преступление против собственного народа и для поднятия рейтинга начать взрывать дома.

- Да, это так! Собственно, это была его попытка помазать меня кровью, чтобы с легкостью иметь возможность управлять мной во время моего президентства. Все описанное в книге Литвиненко «ФСБ взрывает Россию» точно и очень близко к правде, так как сам Березовский был автором этой «блестящей» идеи. Ну, иначе, на выборах было не победить, ведь все губернаторы тогда уже присягнули Примакову-Лужкову, делили посты и хлебные должности между собой. Кому я вообще нужен был с рейтингом околоноля? Из меня каналы лепили образ эдакого Штирлица, но этого было недостаточно, чтобы стать президентом. Помните в Давосе в начале 2000 года журналистка Труди Рубин вопрошала «Ху из мистер Путин», а российская делегация подвисла в паузе, не зная, что ответить? Пришлось издавать заказуху «От первого лица», авторства Геворкян, Тимаковой и Колесникова, чтобы народу было хоть как-то понятно, кого они выбирают. В результате, к марту Штирлиц оказался с добрым лицом и человеческой улыбкой! В это же время, Гусинский, заряженный светлой энергией Примакова-Лужкова, пришел ко мне, открыв дверь ногой, стал угрожать, что размажет меня по стенке, что президентом без поддержки его НТВ, мне никогда не стать, на что я его послал по известному адресу. За это НТВ, Эхо-Москвы и прочие медиа Гуся меня поливали вонючим поносом и днем, и ночью. После несостоявшегося взрыва в Рязани, например, в студии НТВ собрались жители того дома и целый час возили мордой по столу Здановича и компанию. Киселев в своих «Итогах» прямо указывал на причастность спецслужб к этому теракту. Твари чертовы, чуть не сорвали мне тогда поход в Кремль. Короче, для пользы дела пришлось и в подлодке поплавать, и в истребителе полетать, и в сортире многих замочить. Это называется политическая борьба, к ней оказались не готовы ни Лужков, ни Примаков, ни кто-либо другой.

- Расскажите о том, как вы зачистили поляну СМИ, подмяв под себя все каналы и всех журналистов в стране.

- Гусинский получил по заслугам за свою самоуверенность и дистиллированную наглость. В конце 1994 года крепкий удар ему по вставной челюсти нанес Коржаков со своими головорезами. Помните операцию «Мордой в снег» около Мэрии Москвы? Так вот, ненадолго этот наглец успокоился, даже смотался прятаться в Испанию, но после перевыборов Ельцина в 1996 году почувствовал себя хозяином жизни и отвязался вконец. Начались информационные олигархические войны, мочилово вице-премьеров, которые неминуемо привели к отставке правительства Черномырдина, премьерской чехарде и политическому кризису. Ковровая дорожка к власти прокладывалась для Лужкова, а неожиданно появился я. Просто зная о том, что телевидение играет важную роль в формировании общественного мнения, я первым делом сразу после инаугурации распорядился арестовать Гуся и отжать у него его инструменты влияния, которые к свободе слова не имели никакого отношения. То же самое чуть позже произошло и с Первым каналом, отжатым у Березовского, и с ВГТРК, где мы тупо всех завалили большими деньгами, с газетами, радио, интернетом. Для соблюдения приличий оставались Эхо Москвы, Новая Газета, New Times, но это была витрина, чтобы никто на западе не упрекал, что мы совсем закрутили гайки. Их, кстати, особо никто не слушал и не читал, ведь основная быдломасса наслаждалась «Полем Чудес», «Давай поженимся», и Катечкой Андреевой, читающей самые честные новости.

- Отчего Вы так неуважительно отзываетесь о своем же народе?

- Это точная характеристика рабов, которые проживают на территории России, запуганных, жалких, тупых, верящих в любую срань, которую им вливают в уши. Таким идиотам легко внушить, что белое – это черное, они охотно верят и даже усваивают. Это моя целевая аудитория, ядерный электорат, живущий в говне, мечтающих о собственном величии и неизменно голосующий за меня. Поэтому для самых образованных и умных людей все эти годы мы пытались создать невыносимые условия проживания в России, чтобы они собрали свои пожитки и свалили куда-нибудь за границу. Нефть с газом качаются, бабло океаном поступает в бюджет на зарплаты врачам, учителям, ну, и в мои оффшоры, что еще нужно для полного счастья?

- Кстати, о представителях народа, что Вас окружали. Какие у Вас были отношения с Вашей бывшей женой Людмилой?

- Работа в КГБ накладывала обязательства не ботать, что не могло не отразиться на наших отношениях. Людмила по началу была уверена, что я работаю в уголовном розыске, а правда про КГБ всплыла, когда возник вопрос о командировке в ГДР через пару лет после нашей свадьбы. Если бы не ее бабская болтливость, я бы, конечно, рассказал гораздо больше. Мы долго привыкали друг к другу, я нарочно постоянно опаздывал на час-полтора на наши свидания, проверяя и дрессируя Людмилу. Вообще, меня вся эта конфетно-букетная романтика тяготила, а ей было важно, чтобы все было красиво. Как-то мы даже расстались из-за того, что в компании друзей она перепила и развязано вела себя. После нескольких дней разлуки я первый пошел на примирение, а она в ответ мне стала рыдать и клясться мне в большой любви. Я сжалился над этой убогой, тем более, для отчетности мне нужна была жена и дети, желательно двое. Увы, я не смог взять с нее обязательства не болтать. О том, какой я тиран в семейной жизни, Людмила в красках рассказывала одной западногерманской гадюке, что мы по недосмотру пригрели у себя дома в ГДР на Радербергер штрассе, 101. Некая переводчица Леночка, или по-немецки Ленхен, по кличке «Балкон» из-за своих пышных сисек, втерлась в доверие к Людмила и выуживала всю информацию о том, как я ссорюсь с женой, как я ее бью и как ей изменяю. Большинство историй, конечно, было результатом женских догадок и интуиции и к правде имело очень опосредованное отношение. Люда была тревожным и мнительным человеком, поэтому большая загадка, как я смог прожить с ней в браке 30 лет.

- Как Вы вышли их этого довольно щекотливого положения?

- Просто ходил налево, но без особого успеха, так как близость с женщинами меня не заводила. Все эти слухи про Кривоногих, да Кабаеву – правда, хоть и сильно преувеличенная. Вообще, женщины в моем понимании – это функция, резервуар для воспроизводства жизни, это их можно сказать работа. Все представительницы слабого пола, с которыми у меня была близкая связь, мне давали потомство. Людмила подарила мне двух дочерей, Светлана Кривоногих еще одну дочь, и только Алина справилась со своей задачей на все 100 процентов и родила долгожданных двух сыновей в 2015 и в 2019. Любая работа должна быть высоко оплачена: Людмила владеет финансовыми активами, недвижимостью в разных уголках планеты, у Кривоногих в собственности половина Петербурга, а Алина Маратовна по праву получила больше всего, включая трехэтажную люстру.

- До этого момента, в России произошло очень много событий. Почему Вы не разрешили праволиберальным партиям «СПС» и «Яблоко» пройти в Думу в 2003 году?

- Я всегда скептически относился к парламентаризму. Еще во времена Ельцина Гос Дума всячески тормозила реформы, для утверждения очередного Премьера необходимо было купить продажных депутатов. В какой-то момент было принято решение проводить все законы с одобрения обезьянок, нажимающих на кнопки. СПС и Яблоко не поддавались дрессуре. В конце ноября 2003 года пришлось даже арестовать их богатого спонсора Ходорковского. Сечин даже ездил к Чубайсу и Явлинскому с деликатной просьбой о молчании. И тот, и другой, Чубайс в Балчуге, а Явлинский в Национале собрали журналистов посоветоваться. В итоге Чубайс высказался, а Явлинский заявил, что если выскажется, то в Гос Думу он со своей партией не пройдет. В сухом остатке обе партии получили меньше 5 процентов и не прошли барьер. Грамотная разводка удалась, а Сечин просто молодец! Потом все пошло, как по маслу: Юкос отошел Роснефти, Госу Дума стала ручной и податливой, законы проводить стало в разы легче, не зря же это сборище идиотов прозвали «Бешеным принтером».

- Давайте вернемся в более ранние года и обсудим Вашу деятельность на посту президента более подробно. Вот в 2000 году вы избираетесь, все ожидают дружбу с Западом, партнерские и конструктивные с цивилизованным миром, интеграцию в мировое сообщество, Вы даже в НАТО помнится просились.

- Просились, да, но там посчитали, что присутствие России полностью разрушит саму сущность организации, появившейся в противовес военной мощи СССР. Нам было сказано, что нас там не ждут, видимо осознав мои реальные намерения. Мы пытались провозгласить европейский вектор развития, я распорядился оказать поддержку и помощь армии США в Афганистане, даже

НАТО у нас стояло в Ульяновске. Они не оценили нашего порыва, безобразно относились к нам, как к сырьевому придатку, как к стране-бензоколонке, высасывали все ресурсы – материальные и не очень. Но случилось страшное – цена за бочку нефти подскочила на уровень 120 долларов, страна нарастила жирок, и мы смогли диктовать уже свои условия.

- То есть, Вы убеждены, что Запад не оценил Ваши усилия по установлению равноправных отношений.

- Разумеется! На встрече G8 в Стрельне, еще в 2006 году, я обозначил красные линии лидерам «цивилизованного мира», подняв тост за мирное существование в зонах своих политических и национальных интересов, упомянув страны бывшего СССР, которые не ушли в НАТО, в том числе и Украину, в качестве территории влияния Российской Федерации, как правопреемницы СССР.

- И что же Вам ответили лидеры «цивилизационного мира»?

- Ничего! Никто никаких возражений не прислал, поэтому я воспринял их молчание, как знак согласия. План был ориентирован на создание Союзного государства, в составе которого была бы Россия, Беларусь, Казахстан и Украина. Вторым этапом стало бы присоединение Грузии, Армении, Молдовы. Более того, масла в огонь подливал тогдашний посол США в России Билл Бернс, который убеждал меня лично, что продвижение НАТО на Восток – это огромная ошибка Западных стран. У меня было ощущение, что постепенное распространение Российского влияния на постсоветские страны не вызывает никаких рефлексий у США. Мы даже пропихнули в 2010 году Януковича в президенты Украины, Азарова в премьеры, все было готово для воссоединения двух стран. Янукович оказался конченым идиотом и взяточником, пытаясь одной задницей усидеть на двух стульях – и безвиз с ЕС получить, и газ продолжать воровать. Отсюда все эти ассоциированные членства и евроинтеграции. Народ закономерно встал на дыбы, а после того, как пролилась кровь, Януковичу пришлось драпать с золотыми батонами наперевес. В результате мы присоединили Крым, но Одесса оказала серьезное сопротивление, хотя обо всем мы с местными властями договорились, всех купили, помните, горящий Дом Профсоюзов? Потом 8 лет были попытки договориться, не приведшие ни к чему хорошему, так как Порошенко сразу понял, что дело идет к войне. Пришедший ему на смену Зеленский в нашем понимании был просто клоун, который по сценарию должен был все бросить и бежать в Польшу. Согласно соцопросам, что Медведчук «типа» проводил для нас за огромные деньги, Украина ждала, когда Россия придет и наведет порядок. Поэтому 24 февраля 2022 года мы рассчитывали на легкую прогулку до Киева за 3 дня, устранение Зеленского или его побег, возврат Януковича, как всенародно избранного, но изгнанного президента, и Азарова в качестве премьера. Они оба уже сидели на тюках, готовые в любой момент въехать в свои просторные кабинеты.

- Скажите, а как все-таки в США отнеслись к идее вторжения в Украину?

- Байден не возражал, так как у Зеленского на его сына Хантера скопился серьезный компромат, начиная от торговли наркотиками и оружием, заканчивая оргиями с несовершеннолетними. В ноябре 2021 года Бернс прибыл ко мне на встречу в Москву, мы достигли договоренности, что США во время нашей трехдневной прогулки до Киева не будут вмешиваться. Таким образом, Байден избавился бы от токсичного свидетеля в Украине, вся грязная работа выполнена была бы Россией, которая закрепила бы свое геополитическое влияние в братской стране. Российские войска даже были экипированы в парадную форму, чтобы провести марш на Крещатике! Ну, мы никак не могли предугадать, что получим такой крепкий отпор, проще говоря, просто плетью наотмашь, да по роже и завязнем там на пару лет. Политическая разводка Бернса оказалась ужасно непродуманной! Еще полбеды, что Шойгу и Герасимов втирали мне про модернизацию вооруженных сил, а на самом деле пилили многомиллионные бюджеты, но их ЦРУ разве не могло распознать, что Россия к войне вообще не готова? Назад пути уже не было ни у кого и вперед продвижения не наблюдалось. Это только Конашенков в своих выступлениях брал Авдеевку раз пятнадцать, на деле же мы завязли глубоко и надолго. Цена ошибки была запредельна высокой – США отгружали тоннами доллары на помощь Украине, когда как с обеих сторон мясные штурмы приводили к гибели примерно 1000 человек в день. Это чьи-то отцы или чьи-то дети, в основном молодые люди 20-30-40 лет, в зените жизни, которая так нелепо оборвалась.

- Ну, Вы не пытайтесь разжалобить достопочтенную публику, Ваше отношение в человеческой жизни понятно уже абсолютно всем. Скажите, а зачем Вам были все эти приключение, закончившиеся арестом и пожизненным сроком?

- А мне было важно, что обо мне напишут в учебнике истории после моего правления. До Крыма, в 2008 году я напрямую задал этот вопрос бывшему учителю истории Алексею Венедиктову. Он долго думал, потом выдавил из себя, что я был объединителем белой и красной церкви. Этого было категорически мало и напоминало бесславное правление Брежнева. Даже возвращение Крыма в родную гавань слишком мелкое достижение, а вот сбор земель обратно под крыло Российской Империи, формирование противовеса однополярному миру – это то, к чему я всегда стремился, пусть даже с некоторым количеством жертв.

- Кстати, о жертвах. Я буду называть преступления через запятую, а Вы коротко обозначьте, причастны ли Вы к ним?

- Хорошо, давайте пройдемся!

- Есть веские основания полагать, что заказные убийства по всему миру произошли с Вашего одобрения. Среди Ваших врагов были Борис Немцов, Анна Политковская Александр Литвиненко,

ВИТАЛИЙ ЗАГОРСКИЙ

Борис Березовский, равно как и его друг Бадри Патаркацишвили. Вы замешаны в покушении Новичком на бывшего российского полковника Сергея Скрипаля и оппозиционера Алексея Навального.

- Все так и есть, поймите, это были предатели, за что они и поплатились либо собственной жизнью, либо здоровьем, либо свободой. Немцов и Политковская разносили зловонную полуправду обо мне, раскачивали лодку, будоражили людей, оскорбляли меня самым хамским образом. Теперь лежат оба на Троекуровском. Литвиненко же был говорящей головой Березовского, который в свою очередь слишком много знал и про меня, и про наши общие дела. Кстати, это была демонстративная казнь, чтобы все поняли, хотя это событие не сильно кого-либо убедило заткнуться. Березовского пришлось придушить в ванной, Бадри сам ушел в мир иной, тут мы ему не помогали никак. Литвиненко и Скрипаль вообще нарушили закон Омерты спецслужб, откуда они родом, сдали своих коллег, предали меня, отдавая себе отчет о последствиях. Навальный просто мешал нам спокойно воровать своими расследованиями, поэтому по нему решение было тоже простым – Новичок в гульфиковую зону трусов. Не забивайте Зиничева, который собрался устраивать военный переворот и был сброшен с обрыва в водопад. Магницкий, который целенаправленно пытался предотвратить отжатие бизнеса у американца Браудера, а еще Юшенков, Щекочихин, Эстемирова – все они были как бельмо на глазу, всех их пришлось порешать.

- Как Вы прокомментируете гибель Пригожина, довольно демонстративную и изощренную казнь?

- Это просто дистиллированный предатель. Он был обласкан всеми, ни в чем не нуждался, денег полно, бизнес проектов от Африки до России– хоть жопой жуй, при этом всем, он попутал берега. Его «Вагнер» был вне закона, однако эффективно занимался наемничеством, что до сих пор является уголовным преступлением. Его покрывали, он был неприкасаемым, что сорвало его крышу и он попер против федеральной власти. Не скрою, что тогда я навалил от страха хорошую кучу. Самое ужасное, что после недолгого отъезда в Африку, он снова вернулся в Россию разруливать собственный бизнес и кошмарить всех вокруг. В общем, пришлось заминировать его самолет в отсеке шасси, что и разрешило проблему где-то над Тверской областью. А демонстративность связана с тем, чтобы другим не повадно было идти штурмовать Кремль.

- Но ведь кроме Пригожина и его головорезов погибли вполне себе ни в чем невиновные люди – командир корабля, второй пилот и молодая стюардесса. Как Вам такой расклад?

- Сопутствующие и малозначащие потери. Поймите, на дорогах каждый день гибнет в России около 100 человек, из-за пьяных разборок примерно столько же. И это в мирное время, во многих случаях просто на ровном месте. Разумеется, жаль этих людей, но они сами виноваты, что оказались не в то время и не в том месте. Командир, второй пилот и стюардесса должны были оценивать риски при трансфере такого сложного во всех смыслах пассажира и его компании.

- Потрясающий цинизм, ничего не скажешь! Зачем Вы совершали рокировочку с Медведевым и почему не позволили ему пойти на законный второй срок?

- В 2008 году стабильность казалась незыблемой, а власть в моих руках неоспоримой. Медведев просто грел кресло, которое я ему доверил на время, чтобы соблюсти приличия и не менять конституцию с нормой о двух сроках подряд. Но даже в этой карикатурной роли Медведев стал терять контроль над оппозицией, с треском просрал Ливию, позволил нагло спорить со мной, да и еще и публично по поводу крестовых походов. Но самое ужасное, что вокруг этого пигмея стали образовываться группы влияния, убеждая его отправить правительство в отставку, что означало для меня мгновенный арест. Пришлось этих сраных диссидентов разогнать и вернуться к жесткой власти в 2012 году. Вообще айфончик испугался физического устранения, поэтому сделал все, как я ему и указал, что было довольно разумным решением.

- Понятно! Суммируя все сказанное, можно сделать вывод, что для сохранения собственной власти, Вы никогда ни перед чем не останавливались. Даже если бы пришлось извести все население России для «благого дела» в вашем понимании, то Вы пошли бы и на эти жертвы, я правильно понимаю?

- Совершенно верно!

- Наша программа походит к концу, поэтому я хотел бы сказать несколько слов напоследок – по результатам нашего интервью у меня укрепилось убежденность, что вы настоящий отброс человеческого общества, дефективный выводок с жуткими комплексами Наполеона, ошибочное звено в эволюции человека разумного. С Вами было чудовищно неприятно разговаривать, я Вам желаю только одного – подольше гнить в этой камере в собственных испражнениях и подыхать в страшных муках. Теперь Вы изолированы от цивилизационного мира и не представляете опасности людям. Я очень рад, что больше не будет ни одной людской жертвы по Вашей вине.

- Благодарю Вас за высокую оценку моей жизни и деятельности, но Вашим самонадеянным и смелым пожеланиям не суждено сбыться, так как на свободе у меня остались единомышленники, которые сейчас смотрят меня, держа палец на красной кнопке. Я забираю Вас и население Земли с собой, но не переживайте, мы то с Вами попадем в Рай, а враги просто сдохнут!

В это же мгновение я увидел в отражении солнцезащитных очков Путина грибовидное облако ядерного взрыва, от чего проснулся в холодном поту!

ВСЕ ЗАПУЩЕНО У ПУТИНА

Путин во время вторжения в Украину то и дело бряцает ядерным оружием. Это уже никого не пугает, но заставляет быть начеку. Непонятно, есть оно у него или все давно разворовано, насколько функциональна красная кнопка или она не нажимается из-за давно проржавевшей пружины. Одним словом, полагаясь на бардак в России, есть надежда, что грибовидное облако мы все-таки не увидим. Хотя, на всякий случай, подземное убежище рядом с домом я себе присмотрел.

ПОСЛЕСЛОВИЕ

Я писал этот опус лет 20 – все это время Путин закручивал гайки под всеобщее улюлюканье и поддержку народонаселения России. Я отчетливо помню массовые митинги в начале 90-х с требованием свободы. Многотысячная толпа тогда определяла ход развития истории, но что-то пошло не так, когда власть в августе 1991 года просто валялась у их ног, а они ее не взяли, решив, что жизненно-необходимо здесь и сейчас снести истукан – памятник Дзержинскому. Вот прямо как наивные туземцы, променявшие все самое дорогое, что у них было, на красивые стеклянные бусы. Памятник снесли, а в КГБ зайти постеснялись, хотя тамошние генералы уже были готовы сгинуть смертью храбрых, уничтожали документы о своих преступлениях и бухали, как будто бы в последний раз. Реванш не заставил себя долго ждать: кровавая Гэбня зализала раны и в начале века вернулась руководить, а по существу, нагинать, убивать, отжимать и шантажировать. Как результат – совершенно бессмысленная братоубийственная бойня в Украине. Глубинному народу это нравится, ведь впервые на них власть обратила внимание. Их беспросветная скотская жизнь с сортиром на улице, дешевой водкой и покосившимся домом заиграла новыми красками: «пакетное соглашение» подарило надежду на будущее – если сгонять на войну на полгода, можно срубить пару лямов, которые они никогда в глаза то не видели, а если вернуться по частям, да в черном пакете, то любимая семья получит белую Ладу Калину!

История могла бы повернуться по-другому, если бы Путин не затеял заведомо проигрышную для себя и все страны грызню с западом. Вместо попытки взять гусарским нахрапом НАТО и ЕС, следовало бы просто окопаться и ждать, постепенно подводя стандарты жизни в России к цивилизованным. Цена этой интеграции совсем небольшая - не более двух четырехлетних сроков подряд, вот тех самых, что были в 2000-2008 годах. Да, пришлось бы в этом случае в самом расцвете сил и лет уйти на пенсию, но для развития страны, а самое главное для ее интеграции в мировое сообщество, это не такая уж и большая жертва. В конечном итоге, учебник истории, по поводу которого Путин так беспокоился, без преувеличения назвал бы его эффективным руководителем, приведшим Россию к процветанию. Вместо этого – диктатура, Португалию так и не обогнали, какая-то вонючая Румыния в НАТО и ЕС, в Молдове безвиз, а Россия сосет на развалинах вонючих сортиров во дворе с любимым фюрером, прячущемся от любимого электората в бункере.

Глубинный народ – это и есть популяция выродков, обеспечивших регресс России. Они бессмысленно жестоки, фантастически тупы и омерзительны в своем поведении. Россия – страна, где практикуются довольно средневековые пытки, хотя и с помощью современного оборудования – паяльники, полиграф с электрическим током, удушающий пакет на голову, швабра в задний проход, а особо несговорчивым положен чаек «Луговой» с полонием или «Новичок» в гульфик синих трусов. Поэтому кровавая резня, устроенная российской армией в Буче, Ирпене, Бородянке и Гостомеле была гармонична и естественна, принятая на ура народом-богоносцем.

Но, не все так плохо с этими умственно отсталыми туземцами. По причине своей интеллектуальной ущербности, этому быдлу можно нашептать на ухо все, что угодно, и они это схавают за обе щеки. Собственно, этим и пользуется пропаганда, подавая каждодневно холодные блюда из человеконенавистнических идей, приправленные соусом из имперского величия и оголтелого национализма. А что будет, если народу нашептать о преимуществах свободы, демократии, законности для всех, соблюдения прав? Не факт, что жизнь улучшится, но те самые дворово-уличные сортиры скорее всего прекратят свое существование, потому что в правовой стране люди не живут в дерьме, не круто это, да и стыдно как-то.

В процессе написания этой книги я делился некоторыми выдержками из текста с моими друзьями, которые стали первыми критиками данного произведения. Почти все были обескуражены сквозившей их каждой истории радужной гей-тематики, иронично подмечая, мол, тебя так интересует эта сфера? Да, не интересует она меня, хоть и проходит рефреном. Это всего лишь попытка представить, как будет в России лет через 50, если православное мракобесие не задержит процесс естественного развития страны. Нельзя создавать целый трактат про естественные явления, такие как восход солнца, дуновение ветра или про карие глаза. Пару строк написать можно, но высасывать из пальца на 300 страниц, что солнце встает на востоке, не получится, так как это не вызовет никакой реакции у читателя. Гомосексуальность пока что вызывает жуткие споры в России, когда как во всем цивилизованным мире, люди пришли к всеобщему мнению, что это медицинская и общественная норма, доказав тем самым, что рассуждения и обсуждения данного вопроса выеденного яйца не стоят. Группа Pet Shop Boys в 1998 году посетила Россию с концертами и попутно дала интервью в программе «Акулы Пера», где среди прочих вопросов про музыку и творчество, большое внимание было уделено гомо-эротическим отношениям Нила Теннанта и Криса Лоу. По завершению этой встречи, они оба пребывали в шоке, еще долго удивляясь почему эта совершенно обычная и незатейливая тема настолько интересует российскую публику. Так вот, как только моя книга перестанет продаваться, это будет означать, что интерес к ней иссяк, а стало быть, широкий гей-парад доложен будет пройти и в Москве, и в регионах гомофобной России, включая отдаленные села Дагестана и Чечни. Это лакмусовая бумажка, свидетельствующая о позитивных исторических переменах и сдвигах в сознании туземцев, постепенно приобретающих вид человека разумного, как и положено в современном цивилизованном мире. Именно тогда можно будет проводить экономические и социальные реформы, способствующие значительному улучшению качества жизни.

Так уж получилось, что, находясь за границей, на меня свой взор обратило внимание руководство одной из крупнейших фармацевтических компаний в России. На дворе завершался 2021 год, и им нужно было во что бы то ни стало зарегистрировать вакцину Спутник V в Евросоюзе. Для реализации этого проекта, в Мюнхене у Пфайзера был выкуплен завод, соответствующий всем стандартам для производства вакцин, по цене раз в десять превышающей рыночную стоимость. Как мне потом объяснили переплата была проведена для того, чтобы Пфайзер чуть-чуть подвинулся на рынке и не вставлял палки в колеса, как это было с другими конкурентами. На самом высоком уровне во Всемирной Организации Здравоохранения и в Европейском Медицинском Агентстве купили просто всех, чтобы Спутник был зарегистрирован. Договоренности были достигнуты во всех политических кругах, и никто не возражал против превращения русской чудо-вакцины в европейскую. Компании необходим был русскоговорящий «наш» человек, который понимал бы «матчасть», связанную с особенностями ведения бизнеса по-русски, но живущий постоянно в Европе. Через знакомых друзей руководство вышло на меня, и вот я обнаруживаю себя в бизнес-джете, летящим в Москву на переговоры. Разумеется, поселили меня в Ritz-Carlton, хотя такого запроса я не делал, катали по встречам и переговорам, а вечерком была назначена сауна для закрепления договоренностей. Пришлось пойти, раз уж вписался. Привезли меня на роскошном Майбахе в какой-то закрытый элитный Spa & Resort на Рублевке. В сауне – роскошный стол с закусками, икрой черной, красной, 20-метровый бассейн рядом, алкоголь рекой и никаких серьезных переговоров! Только лишь важные дядьки, с которыми только что обговаривались все детали проекта века и которые пару часов назад, в дорогущих костюмах, раздували щеки и рассуждали о необходимости выхода на европейский рынок и важности для общественного здоровья и здравоохранения, вдруг неожиданно превращались в полуголых пошляков и матершинников, тоннами сыпали скабрезные анекдоты и плоские шутки, вызывая приступ гомерического хохота нетрезвых окружающих. Для желающих была насыпана дорожка белого порошка, но без принуждения. Но самое интересное, что в сауне находился красивый накаченный парень лет 20, по имени Светозар – массажист, к которому в кабинетик заходили эти же важные дядьки, а выходили уже счастливыми. Как мне разъяснили, Светозар делает свой массаж до счастливого финала, если нужно с проникновением, если нужно, то без него с учетов любых фантазий клиента. Ради справедливости, следует отметить, что сеанс массажа был исключительно для желающих и без какого-либо принуждения. Однако, это не мешало женатым мужчинам получать удовольствие у элитного профессионала, практикующего свою деятельность среди ВИП-клиентов. Удивительно, но эти же люди впоследствии не имели ничего против запрета ЛГБТ сообщества, а депутаты, которых Светозар ровно так же доводил до мощного оргазма, потом активно голосовали против навязанных западом нетрадиционных ценностей. Те же серьезные дяди рассказали мне, что подобное развлечение имеет свою сакральность и предназначено для элиты, а народ должен довольствоваться духовными скрепами. Кстати, в тот же день я узнал, что эскортницы женского пола среди элит нынче являются чем-то «олдскульным», поэтому Светозар – это модная и современная альтернатива посиделок деловых и политических ВИП кругов. Покидал я переговоры в Москве с двояким чувством: с одной стороны все красиво, гламурно, перспективы огромных заработков, с другой стороны - лицемерие и компромиссы, на которые я должен был бы пойти, а так не хотелось этого делать. На мое счастье этому проекту века не суждено было сбыться! Через пару месяцев после моих посиделок в сауне на Рублевке, Путин начал войну в Украине, а спустя некоторое время, знающие люди из бани мне пояснили, что регистрация Спутника в Европе должна была стать вишенкой на торте после эпохального взятия Киева за три дня, а план был согласован на самом верху именно теми, кого жмякал Светозар, а они в свою очередь жали руку Путину. Вот тебе и теория шести рукопожатий. Почем-то подумалось, что в случае с Тиной Канделаки, горячий грузинский ротик которой ласкал члены почти всех олигархов, история одного хуесосания. Я очень рад, что война отвела меня от довольно тяжелой по своим последствиям истории, хотя, конечно же, скататься в Москву и попариться с серьезными людьми в сауне было прикольно!

Еще одна колоссальная проблема для России – это сама лицемерная из всех религий – православие. Возвращаясь к радужной теме, один мой хороший знакомый в 90-е годы в составе детского хора ездил по Золотому Кольцу с песнопениями в церквях. Ему тогда было лет 14–15, белокурый и стройный мальчишка, с пухлыми губками, на фоне других беспородных прыщавых пацанов очень выгодно выделялся, привлекая нездоровое внимание. Так вот, он рассказывал, что ночевать всему хору приходилось либо в гостинице неподалеку, либо в самом храме, если была возможность расположиться. Встречали их по-доброму, служители церквей старались накормить, напоить, спать уложить. Но каждый вечер, в каждом храме, когда дело шло к отбою, обязательно нарисовывался на пороге комнаты поп или дьякон с бутылкой Кагора, недвусмысленно предлагая юному солисту вступить в гомосексуальную связь. Разумеется, испугавшись такого прессинга, мой знакомый покинул хор, выкинул нательный крестик, завязал с религией, но заинтересовался парнями. Дьякон Андрей Кураев в своих многочисленных интервью рассказывал про гомосексуальность иерархов в РПЦ, за что был разжалован и вынужден был покинуть Россию.

Ужас вызывает повальное позиционирование буквально всех в качестве православных. При этом греховное падение на самое дно никого не смущает. Одной рукой крестятся, другой же убивают, насилуют, воруют, потом снова крестятся, и снова за старое. Если бог и действительно есть, что в 21 веке даже неловко обсуждать, то их ждет крупный пиздец после смерти на страшном суде, даже самых набожных. Интересно ставить всех этих безумных в тупик вопросами из медицины, например, как произошло непорочное зачатие, когда как для диплоидного набора хромосом требуется две гаплоидные клетки для слияния. Если даже предположить, что у Девы Марии произошел партеногенез, который встречается у рептилий, рыб, земноводных, птиц, то ее сын Иисус никак не мог быть мужского пола и по генетическому коду он просто должен был быть копией мамы, то есть как минимум женщиной. Если непорочное семя дал Марии бог, тогда получается он совершил прелюбодеяние с замужней женщиной? Стало быть богу, как и Путину закон не писан?

Идем дальше. В представлении православных их бог правильный, а аллах или будда не совсем правильные. Я спрашиваю, а что будет с теми, кто не придерживается норм православия, а верит в ислам? Кто-то мне отвечает, что они попадут либо в небытие, либо в православный ад, либо в их собственный мусульманский рай. То же самое тогда ждет тех православных, что глушат водку и едят свинину, если выяснится, что аллах тот самый бог, что всем управляет. Еще в рамках умственного упражнения, так раздражающего верующих, предлагаю им представить себя родившимися не в Москве, а в Дагестане, в мусульманской семье. Как тогда их правильная веры выглядела бы? Неужели просветление их привело бы к православию, или все же они остались бы в исламе?

Но контрольный выстрел в православный фимоз головного мозга исходит от моего вопроса почему так много в мире несправедливости, войн, катаклизмов, бесконечных жертв? Почему погибают дети, ведь они еще не успели нагрешить. Отчего бог так жесток к населению Земли. Зачем было устраивать всемирный потоп? Вообще, нафига ему этот проект с Землей нужен? Зачем пускать человека жить уже с наличием у него первородного греха и заставлять его чувствовать собственную вину на всю оставшуюся жизнь? Зачем гнобить неверующих? Они-то в чем провинилась? Прямо какая-то презумпция виновности во всем, начиная в рождения! Зачем богу столько планет помимо Земли, ведь они же совершенно бесхозные? Почему, вопреки многим свидетельствам, подтверждение которым до сих пор я не встречал, молитва в комбинации с испитой святой мочой не исцеляет онкологических больных? Адекватный человек предпочтет лечить рак все же с помощью хирургии и химиотерапии, а не святым словом.

А как быть с теми, кто жил до нашей эры, то есть до рождения Христа? Ведь не было никакого христианства и в помине, люди верили в бога огня, бога солнца, бога вина и прочего пердежа, которые вошли в сборники мифов и легенд древней Греции. Они в раю? Или, как и положено вероотступникам, в аду? А австралопитеки где? Ведь они же все были неверующими! А динозавры и насекомые? У них вообще есть душа? Они куда попадают после смерти? Да и вообще, в раю не тесно в связи со всеми умершими? Там вообще не скучно? WiFi бесплатный есть? Кроме райских яблок, чем там кормят? Только представьте вечную жизнь с монотонным возлежанием на облаках безо всякого развития. Бог вообще всех поименно помнит или кого забыл?

В лучшем случае в ответ мне предлагают просто верить в чудо, но в деда Мороза я перестал верить лет в пять. «Вот те крест», как говорит Вика Цыганова для усиления аргументации.

В перспективе все религии уйдут на помойку истории, как атавизм. Есть страны, в которых большинство населения считает себя атеистами, и это, как правило, самые благополучные страны: Япония, Франция, Австрия, Чехия, Дания, Австралия, Норвегия. Именно туда стремятся вывести наворованные деньги и выпихнуть свои семьи самые набожные депутаты и министры РФ.

Россия придет к атеизму постепенно, так как кормить все время обещаниями про светлое будущее долго не получится. Поколение, что появилось недавно, уже довольно скептически относится к туманным перспективам лучшей жизни в раю. Они хотят и будут жить здесь и сейчас. Предоставляете, сколько сразу спорных тем, а также убийств на религиозной почве, отпадет само собой?

Один мой знакомый еврей разъяснил почему Моисей водил свой народ 40 лет, когда весь путь в 350 километров из Египта на землю обетованную можно было преодолеть за несколько дней. Так вот, важно было обновить еврейский народ и избавиться от последнего человека, что помнил рабство. Так и в России, пока не умрет последний холоп и не произойдет обновление популяции, ничего хорошего в этой стране не будет. Если уж бог есть, то он просто обязан ускорить этот процесс.

Этот текст – лишь крупные мазки наброска политических и культурологических изменений, которые я бы предложил для формирования ментальной почвы у людей, которые станут управлять этой неповоротливой страной в ближайшем будущем.

ВСЕ ЗАПУЩЕНО У ПУТИНА

Если угодно, то вот вам готовая предвыборная программа по спасению России, вкратце состоящая из следующих пунктов:

1. Власть следует передать только тем, кто не запятнан в сомнительных схемах и коррупции, в идеале это люди, покинувшие Россию еще в детстве и получившие культурную прививку от кумовства и мздоимства, а также умеющие и желающие жить по-человечески.

2. Децентрализация власти и создание институтов для сдержек и противовесов, поиска компромиссов в политических решениях. Это своеобразная защита от дурака (Путина), который единолично, например, не смог бы начать кровавую бойню в соседней стране. Оптимальным была бы парламентская федеративная республика с максимальной автономией округов.

3. Разрешение однополых союзов в качестве юридически признанного партнерства на всей территории России. В перспективе признание однополых браков с возможностью проведения таинств венчания для особо жаждущих этого.

4. Свободу слова во все средства массовой информации, но в рамках этических стандартов профессии для избежания контрпродуктивных информационных войн.

5. Запрет на свободное выражение религиозных предпочтений для сохранения в порядке чувств неверующих. Проще говоря, хотите молиться богу – пиздуйте в храм или делайте это у себя дома. Телеканал «Спас» и «Царьград» срочно перепрофилировать на порно-каналы для прекращения засирания мозгов нестабильных индивидуумов. Это, кстати, поправит их низкие рейтинги в настоящее время.

6. Люстрация бывших сотрудников силовых ведомств и

партий, активно поддерживающих предыдущий режим. Запрет на руководящие профессии, расследования преступлений, замешанных на политических преследованиях и убийствах.

При соблюдении вышеизложенных пунктов люди сами потребуют вынести тело Ленина из Мавзолея, снести пантеон советских кровавых преступников на Красной площади и снять рубиновые звезды с башен Кремля, так как такая эстетика будет противоречить их внутреннему представлению о прекрасном. Хватит жить прошлым, там нет ничего для нашего будущего, кроме колоссального стыда, человеческих трагедий и поломанных судеб.

Если такой принцип будет реализован, то у России сам собой появится качественный отечественный автомобиль, истребитель 5 поколения, свой айфон и планшет, а Украина, Евросоюз и НАТО запросятся сами дружить и поддерживать близкие отношения.

Пользуйтесь, все равно же будет именно так, как я все видел в своих снах, пусть не сейчас, а лет через 100, но ведь будет же!

ИМЕННОЙ УКАЗАТЕЛЬ

Имена этих людей упоминаются в тексте книги, что является чистым совпадением и плодом воспаленного воображения автора. Тем не менее, вчитайтесь в эти строки ниже, вспомните у кого какая была позиция по текущим делам в России, сопоставьте с тем, кто жив, а кто уже нет, найдите причинно-следственную связь между лояльностью к стране и власти и продолжительностью жизни. Глядишь, придет и понимание, что все довольно-таки однозначно...

Адамян, Лейла Вагоевна - советский и российский акушер-гинеколог, доктор медицинских наук, профессор. Руководитель отделения оперативной гинекологии Национального медицинского исследовательского центра акушерства, гинекологии и перинатологии имени академика В. И. Кулакова. Главный акушер-гинеколог Российской Федерации.

Азаров, Николай Янович - украинский политический и государственный деятель. Премьер-министр Украины (11 марта 2010 - 28 января 2014). Один из основателей, член (1997-2014) и председатель (2001, 2010-2014) «Партии регионов». Народный депутат Украины II, V, VI и VII созывов. Доктор геолого-минералогических наук (1986), профессор (1991). Заслуженный экономист Украины (1997).

Аксененко, Николай Емельянович - российский государственный деятель, первый заместитель Председателя Правительства Российской Федерации в 1999-2000, министр путей сообщения в 1997-2002 годах (с перерывом в мае-сентябре 1999).

ВИТАЛИЙ ЗАГОРСКИЙ

Андреева, Екатерина Сергеевна - российская телеведущая информационной программы «Время» на «ОРТ/Первом канале» с 1998 года.

Андропов, Юрий Владимирович - советский государственный и политический деятель, руководитель СССР в 1982-1984 годах. Генеральный секретарь ЦК КПСС (1982-1984), Председатель Президиума Верховного Совета СССР (1983-1984). Председатель Комитета государственной безопасности СССР (1967-1982). Секретарь ЦК КПСС по идеологии в 1982 году и секретарь ЦК КПСС (1962-1967), член Политбюро ЦК КПСС с 1973 года (кандидат с 1967 года). Депутат Верховного Совета СССР 3-го и 6-10-го созывов. Герой Социалистического Труда (1974), кавалер четырёх орденов Ленина (1957, 1964, 1971, 1974).

Байден, Джо - американский государственный и политический деятель. Действующий 46-й президент США с 20 января 2021 года и 47-й вице-президент США (20 января 2009-20 января 2017) от Демократической партии.

Байден, Хантер - американский юрист, государственный служащий и бизнесмен. Сын 46-го президента США Джо Байдена и одна из основных фигур украинского скандала администрации президента Трампа.

Березовский, Борис Абрамович - советский и российский предприниматель, государственный и политический деятель, учёный-математик, физик, автор ряда научных трудов и монографий, доктор технических наук (1983), профессор. С 29 октября 1996 года по 4 ноября 1997 года - заместитель секретаря Совета безопасности Российской Федерации.

Бернс, Уильям Джозеф - государственный деятель и дипломат. Директор Центрального разведывательного управления в администрации Джо Байдена.

Бородин, Павел Павлович - советский и российский государственный деятель, государственный секретарь Союзного государства (2000-2011). Управляющий делами Президента Российской Федерации в 1993-2000. Первый мэр города Якутска с 1990 по 1993 год. Доктор политических наук, профессор политологии, профессор экономики.

Венедиктов, Алексей Алексеевич - российский историк, педагог, журналист, редактор и общественный деятель. Главный редактор радиостанции «Эхо Москвы» (1998-2022). Владелец исторического журнала «Дилетант» с октября 2015 года. С марта 2022 года выпускает программы на YouTube-канале «Живой гвоздь».

Володин, Вячеслав Викторович - российский политический деятель. Председатель Государственной Думы Федерального собрания Российской Федерации, член Совета безопасности Российской Федерации с 5 октября 2016 года. Член Государственного совета Российской Федерации с 21 декабря 2020 года. Член Бюро Высшего совета партии «Единая Россия». Заслуженный юрист Российской Федерации (2009).

Высоцкая, Юлия Александровна - российская и белорусская актриса театра и кино, телеведущая; заслуженная артистка Российской Федерации (2018). Как актриса наиболее известна по ролям в фильмах своего мужа Андрея Кончаловского.

Гайдар, Егор Тимурович - российский либеральный реформатор, государственный и политический деятель, экономист, доктор экономических наук. Один из основных руководителей и идеологов экономических реформ начала 1990-х в России. В 1991-1994 годы занимал ответственные посты в правительстве России, в том числе в течение полугода (июнь-декабрь 1992 года) был исполняющим обязанности председателя правительства.

Гандзюк, Нонна Степановна – первая жена Анатолия Собчака.

ВИТАЛИЙ ЗАГОРСКИЙ

Геворкян, Наталия Павловна - российская журналистка, критик и писатель. Упоминается в прессе как биограф президента Российской Федерации Владимира Путина.

Герасимов, Валерий Васильевич - советский и российский военачальник. Начальник Генерального штаба Вооружённых сил Российской Федерации - первый заместитель министра обороны Российской Федерации с 9 ноября 2012 года, член Совета Безопасности Российской Федерации. Генерал армии (2013), Герой Российской Федерации (2016).

Гитлер, Адольф - немецкий государственный и политический деятель австрийского происхождения, основоположник национал-социализма, диктатор нацистской Германии с 1933 года до своего самоубийства в 1945 году.

Гицевич Лев Александрович - сын полка, плачущий дед/ветеран/фронтовик, самый знаменитый фейковый ряженый ветеран России. Плачущего деда можно часто увидеть на демотиваторах, плакатах, билбордах.

Гоголев, Денис и Морозов, Михаил - супружеская гей-пара, обвенчанные нижегородским священником.

Голикова, Татьяна Алексеевна - российский государственный деятель, экономист. Заместитель председателя правительства Российской Федерации по вопросам социальной политики с 18 мая 2018 (исполняющая обязанности с 15 по 21 января 2020). Куратор в Северо-Западном федеральном округе с 19 июля 2021 года. Декан факультета государственного управления и финансового контроля Финансового университета при Правительстве РФ.

Гусинский, Владимир Александрович - бывший российский медиамагнат, владелец новостного ресурса NEWSru.com. В 2000 году уехал из России. Имел российское и израильское гражданства. 9 февраля 2007 года получил испанское подданство, доказав, что является сефардом (потомком евреев, изгнанных из этой страны в 1492 году

Двойкин, Юрий Парфеньевич - ветеран Великой Отечественной войны из Химок.

Добронравов, Николай Николаевич - советский и российский поэт-песенник, киноактёр. Лауреат Государственной премии СССР (1982) и премии Ленинского комсомола (1978). Член Союза писателей СССР (1970-1991). С 1956 года и до самой смерти являлся мужем и соавтором композитора, пианистки, народной артистки СССР Александры Пахмутовой.

Долина, Лариса Александровна - советская и российская эстрадная певица, актриса; народная артистка Российской Федерации (1998). Член партии «Единая Россия» (с 2003 года).

Доренко, Сергей Леонидович - советский и российский журналист, теле- и радиоведущий, комментатор, продюсер, социолог.

Ельцин, Борис Николаевич - советский и российский партийный, государственный и политический деятель, первый всенародно избранный Президент Российской Федерации (1991-1999)

Ельцина, Наина Иосифовна - супруга 1-го президента России Бориса Ельцина, первая леди России с 1991 по 1999 годы.

Зайцев, Геннадий Николаевич - советский и российский сотрудник органов государственной безопасности. Командир Группы «А» («Альфа») КГБ СССР - ГУО России (1977-1988; 1992-1995). Герой Советского Союза (1986).

Зарубин, Павел Александрович - журналист, политический обозреватель ВГТРК, автор и соведущий программы "Москва. Кремль. Путин".

Зданович, Александр Александрович - советский и российский деятель спецслужб и историк. Доктор исторических наук, профессор. Генерал-лейтенант в отставке.

ВИТАЛИЙ ЗАГОРСКИЙ

Зеленский, Владимир Александрович - украинский государственный и политический деятель. Президент Украины и Верховный главнокомандующий Вооружённых сил Украины с 20 мая 2019 года.

Земский, Алексей Владимирович - российский телеведущий и медиаменеджер, продюсер телевидения и кино, советский актёр кино и театра. Генеральный директор АО «Телекомпания НТВ» (с 2015 года), ранее - заместитель генерального директора ФГУП ВГТРК (2008-2015) и главный редактор телеканала «Россия HD» (2012-2015).

Зиничев, Евгений Николаевич - российский государственный и военный деятель. Министр Российской Федерации по делам гражданской обороны, чрезвычайным ситуациям и ликвидации последствий стихийных бедствий (2018-2021, и. о. 15-21 января 2020). Член Совета безопасности Российской Федерации (2018-2021). Генерал армии (2020). Герой Российской Федерации (9 сентября 2021, посмертно).

Зыкина, Людмила Георгиевна - советская и российская певица; исполнительница русских народных песен, романсов и эстрадных песен. Герой Социалистического Труда (1987), народная артистка СССР (1973), Народная артистка РСФСР (1968), народная артистка Азербайджанской ССР (1972), народная артистка Узбекской ССР (1980), народная артистка Удмуртской АССР (1974), Народная артистка Республики Марий Эл (1997), Заслуженная артистка Бурятской АССР (1963), лауреат Ленинской премии (1970) и Государственной премии РСФСР им. М. И. Глинки (1983). Кавалер двух орденов Ленина (1979, 1987) и ордена Святого апостола Андрея Первозванного (2004). Художественный руководитель и солистка Государственного академического русского народного ансамбля «Россия» (1977-2009).

Зыков, Андрей - подполковник юстиции в отставке, бывший старший следователь по особо важным делам отдела по расследованию преступлений в сфере коррупции и экономики следственного управления Следственного комитета МВД РФ по Северо-Западному федеральному округу.

Ищенко Анатолий Иванович - д.м.н. профессор, заведующий кафедрой акушерства и гинекологии №1, директор НИО Женского здоровья, автор более 500 научных работ, 30 патентов на изобретения, Лауреат премии Правительства Российской Федерации, награжден медалью ордена «За заслуги перед Отечеством II степени».

Йордан, Борис Алексеевич - бизнесмен, экс-гендиректор компаний НТВ и «Газпром-Медиа» (2001-2003), американский гражданин из семьи российского происхождения.

Кабаева, Алина Маратовна - российская спортсменка (художественная гимнастика), общественный и политический деятель, медиаменеджер. С сентября 2014 года - Председатель совета директоров холдинга «Национальная Медиа Группа». С 2016 года возглавляет совет директоров ЗАО «Спорт-Экспресс».

Кабачинов Василий Васильевич - главный контролер-ревизор Контрольно-ревизионного управления Министерства финансов РФ по Санкт-Петербургу. 30 ноября 1999 года трагически сгорел на своей даче, при этом был известен трезвым образом жизни.

Кадыров, Рамзан Ахматович - российский государственный, политический и военный деятель, глава Чечни с 5 апреля 2007 (врио 15 февраля - 5 апреля 2007; 25 марта - 5 октября 2016, до 5 апреля 2011 года в титуле президента).

Калманович, Шабтай Генрихович - израильский и российский предприниматель, генеральный менеджер женской сборной России по баскетболу, владелец женского баскетбольного клуба «Спартак» (Московская область), генеральный директор

ОАО «Тишинка» (с 1994 года), владелец Дорогомиловского рынка, организатор российских гастролей звёзд мировой эстрады.

Канделаки, Тина - российская журналистка, телеведущая, продюсер, общественный деятель. Заслуженный журналист Чеченской Республики (2013). С сентября 2021 года - заместитель генерального директора «Газпром-медиа» и управляющий директор «Газпром-медиа Развлекательное телевидение». С 7 февраля 2022 года - директор телеканала ТНТ.

Касьянов, Михаил Михайлович - российский государственный, политический и общественный деятель. Занимал пост председателя политической партии «Партия народной свободы» (ранее - «РПР-ПАРНАС», в 2012-2015 годах являлся сопредседателем) с 16 сентября 2010 года до её ликвидации 25 мая 2023 года, председатель «Российского народно-демократического союза» с 2006 года.

Киселев, Евгений Алексеевич - советский, российский и украинский журналист, медиаменеджер, политический обозреватель. С 1992 по 2003 год - ведущий авторской общественно-политической программы «Итоги», в 1996 году удостоенную премии «ТЭФИ». С октября 1993 по апрель 2001 года работал на НТВ, в 2000-2001 был генеральным директором канала. 14 апреля 2001 года покинул телеканал и перешёл на «ТВ-6», который возглавлял до его закрытия в январе 2002 года. С июня 2002 по июнь 2003 года был главным редактором канала ТВС. С 2005 года сотрудничал с «Эхо Москвы». В 2009 году переехал в Украину, где до 2016 года работал на канале «Интер». Ведущий телеканала «Украина 24» (2020-2022).

Клинтон, Билл - американский государственный и политический деятель, 42-й президент США (1993-2001) от Демократической партии. До своего избрания на пост президента пять раз избирался губернатором штата Арканзас (1979-1981, 1983-1992).

Князева, Ольга – журналист и репортер Первого канала, репортер.

Кожин, Владимир Игоревич - российский государственный деятель. Сенатор Российской Федерации от города Москвы (с 2018), на данный момент заместитель председателя Комитета Совета Федерации по конституционному законодательству и государственному строительству, помощник Президента Российской Федерации по вопросам военно-технического сотрудничества (2014-2018). Управляющий делами Президента Российской Федерации (2000-2014).

Колесников, Андрей Иванович - российский журналист, редактор, публицист. Специальный корреспондент ИД «Коммерсантъ» с 1996 года и заместитель генерального директора ОАО «Коммерсантъ» с 2018 года, главный редактор журнала «Русский пионер» с 2008 года. Входит в «кремлёвский пул» журналистов.

Коль, Гельмут - немецкий государственный и политический деятель. Федеральный канцлер Германии (1982-1998). Во главе ФРГ Гельмут Коль сыграл огромную роль в процессе объединения Европы и Германии и в прекращении холодной войны. Председатель Христианско-демократического союза (1973-1998). Находился на посту канцлера 16 лет и 26 дней - дольше всех в истории Германии.

Конашенков, Игорь Евгеньевич - российский военный деятель. Руководитель департамента информации и массовых коммуникаций Министерства обороны Российской Федерации (с 2017 года). Заместитель начальника (2009-2011) и начальник (2011-2017) Управления пресс-службы и информации Минобороны России. Заслуженный военный специалист Российской Федерации. Член президиума Союза журналистов Москвы. Генерал-лейтенант (с июня 2022 года).

Кончаловский, Андрей Сергеевич - советский, российский режиссёр театра и кино, сценарист, продюсер, общественный и политический деятель; народный артист РСФСР (1980), лауреат Государственной премии РСФСР имени братьев Васильевых (1990), Государственной премии Казахской ССР (1972) и двух премий «Серебряный лев» Венецианского кинофестиваля (2014, 2016). Президент киноакадемии «Ника».

Коржаков, Александр Васильевич - сотрудник государственной безопасности СССР, начальник охраны Бориса Ельцина (впоследствии руководитель Службы безопасности Президента Российской Федерации), депутат Государственной Думы Федерального Собрания Российской Федерации (1997-2011). Генерал-лейтенант запаса.

Костерина, Александра Владимировна - первый заместитель генерального директора, директор Дирекции информации телекомпании НТВ.

Краснов, Борис Аркадьевич - российский художник-сценограф, дизайнер, продюсер.

Кривоногих Светлана - предположительной любовница Владимира Путина, которая родила ему дочь.

Крючков, Владимир Александрович - советский государственный деятель. Председатель КГБ СССР (1988-1991). Один из ближайших соратников Юрия Андропова. Генерал армии (27.01.1988). Член ВКП(б) с 1944 г., член ЦК (избирался 1986, 1990), член Политбюро ЦК (20.09.1989 - 13.07.1990). Член ГКЧП СССР (18.08-21.08.1991). Депутат Совета Национальностей Верховного Совета СССР 11 созыва (1984-1989) от Белорусской ССР.

Кудрин, Алексей Леонидович - советский и российский экономист, российский государственный, политический и общественный деятель. Доктор экономических наук. Председатель Счётной палаты Российской Федерации (22 мая 2018 - 30 ноября

2022). Заместитель председателя Правительства Российской Федерации (2000-2004, 2007-2011), министр финансов Российской Федерации (2000-2011).

Леночка (Ленхен), «Балкон» - уроженка Прибалтики с немецкими корнями, переводчица в подразделении Группы советских войск в Германии, шпионка БНД, близкая подруга Людмилы Путиной.

Лещенко, Лев Валерьянович - советский и российский эстрадный певец (баритон), музыкальный педагог, автор песен, продюсер, киноактёр; народный артист РСФСР (1983), мастер искусств Молдавии (2007), народный артист Республики Южная Осетия (2010), заслуженный артист Приднестровской Молдавской Республики (2015), народный артист Республики Северная Осетия - Алания (2015), народный артист Республики Башкортостан (2022) , лауреат премии Ленинского комсомола (1978). Полный кавалер ордена «За заслуги перед Отечеством», Народный артист Республики Дагестан.

Литвиненко, Александр Вальтерович - оперативник, подполковник советской и российской госбезопасности, в 1988-1999 годах - сотрудник КГБ - ФСБ, где специализировался на борьбе с терроризмом и организованной преступностью.

Лобков, Павел Альбертович - российский журналист, биолог. Ведущий и обозреватель телеканала «Дождь» (2012-2019, 2020-2021); ведущий программы «Прогресс с Павлом Лобковым» на петербургском «Пятом канале» (2007-2008); ведущий, корреспондент и обозреватель телекомпании НТВ (1993-2006, 2008-2011).

Лоу, Крис и Теннант, Нил - британские музыканты, участники дуэта Pet Shop Boys.

Лужков, Юрий Михайлович - советский и российский государственный и политический деятель. Второй мэр Москвы (6 июня 1992 - 28 сентября 2010). До избрания Гавриила Попова первым мэром Москвы, также возглавлял столицу в 1990-1991 годах в качестве председателя Мосгорисполкома. Осенью 2010 года снят с поста мэра указом президента России Дмитрия Медведева с формулировкой «в связи с утратой доверия президента».

Магнитский, Сергей Леонидович - российский аудитор, работавший в консалтинговой компании Firestone Duncan.

Максимовская, Марианна Александровна - российская журналистка и телеведущая. В 2003-2014 годах - заместитель главного редактора телеканала «РЕН ТВ», автор и ведущая информационно-аналитической программы «Неделя». С 2015 года работает на руководящих должностях в коммуникационно-консалтинговой группе компаний «Михайлов и партнёры». Член Академии Российского телевидения с 2007 года.

Малахов, Андрей Николаевич - тележурналист, шоумен, продюсер, актёр, главный редактор журнала «StarHit» в 2007-2019 годах, преподаватель курсов журналистики в РГГУ. Ведущий программ «Малахов» (с 2017 года), «Привет, Андрей!» (с 2017 года), «Танцы со звёздами» (с 2020 года) и «Песни от всей души» (с 2022 года) на телеканале «Россия-1». До этого на протяжении 25 лет работал на «Первом канале»: в ИТА РГТРК «Останкино» (1992-1995), Дирекции утреннего телеканала ОАО (до 1998 года - ЗАО) «ОРТ» (1995-2001), ведущим различных программ и спецпроектов (2001-2017).

Маневич, Михаил Владиславович - российский экономист и политический деятель. С 1994 года председатель Комитета по управлению городским имуществом (КУГИ) Санкт-Петербурга (и. о. с 1993 года), с 1996 года одновременно вице-губернатор Санкт-Петербурга. Убит в 1997 году.

Медведев, Дмитрий Анатольевич - российский государственный и политический деятель. Первый заместитель председателя Военно-промышленной комиссии Российской Федерации с 26 декабря 2022 года. Заместитель председателя Совета Безопасности Российской Федерации с 16 января 2020 года. Председатель партии «Единая Россия» с 26 мая 2012 года. Президент Российской Федерации (7 мая 2008 - 7 мая 2012). Председатель Правительства Российской Федерации (8 мая 2012 - 15 января 2020)

Мейджор, Джон - британский политик, премьер-министр Великобритании с 28 ноября 1990 года по 2 мая 1997 года. Видный деятель Консервативной партии; 28 ноября 1990 года после того, как в связи с разногласиями в партии Маргарет Тэтчер подала в отставку со всех должностей, был избран лидером партии и вследствие этого назначен премьер-министром.

Менгеле, Йозеф - немецкий учёный-медик - врач, проводивший медицинские опыты на узниках концлагеря Освенцим во время Второй мировой войны. Доктор медицины (MD). Менгеле лично занимался отбором узников, прибывающих в лагерь, проводил эксперименты над заключёнными. Его жертвами стали десятки тысяч человек. После войны Менгеле бежал из Германии в Латинскую Америку, опасаясь преследований. Попытки найти его и предать суду не увенчались успехом.

Местоев Акроман - убийца известного шоумена Рахмана Махмудова охранник из клуба Leps Bar.

Милк, Харви - американский политик и первый открытый гей, избранный на государственный пост в штате Калифорния в качестве члена городского наблюдательного совета Сан-Франциско.

Миллер, Алексей Борисович - российский экономист и государственный деятель. Председатель правления и заместитель председателя совета директоров ПАО «Газпром». Кандидат экономических наук. Герой Труда Российской Федерации (2022).

ВИТАЛИЙ ЗАГОРСКИЙ

За поддержку нарушения территориальной целостности Украины во время российско-украинской войны находится под персональными международными санкциями Великобритании, США, Канады, Австралии, Украины, Новой Зеландии

Миткова, Татьяна Ростиславовна - советская и российская тележурналистка, телеведущая, заместитель генерального директора ОАО «Телекомпания НТВ» по информационному вещанию (2004-2014), главный редактор Службы информации НТВ (с 2001 года).

Миттеран, Франсуа - французский государственный и политический деятель, один из лидеров социалистического движения, 21-й президент Франции с 1981 по 1995 годы.

Мишустин, Михаил Владимирович - российский государственный и политический деятель, экономист. Председатель Правительства Российской Федерации с 16 января 2020 года. Член Государственного Совета Российской Федерации с 21 декабря 2020 года.

Моисей - еврейский пророк и законодатель, основоположник иудаизма, организовал Исход евреев из Древнего Египта, сплотил израильские колена в единый народ. Важнейший пророк в иудаизме.

Молотов, Вячеслав Михайлович - русский революционер, советский политический, государственный и партийный деятель. Председатель Совета народных комиссаров СССР в 1930-1941 годах, народный комиссар иностранных дел СССР в 1939-1946 годах, министр иностранных дел СССР в 1946-1949, 1953-1956 годах. Один из высших руководителей ВКП(б) и КПСС с 1921 по 1957 год. Герой Социалистического Труда (1943). Депутат Верховного Совета СССР I-IV созывов.

Мурашко, Михаил Альбертович - российский государственный деятель, врач-гинеколог. Министр здравоохранения Российской Федерации с 21 января 2020 года.

Доктор медицинских наук. Действительный государственный советник Российской Федерации 2-го класса. Из-за вторжения России на Украину находится под персональными международными санкциями ряда стран.

Навальный, Алексей Анатольевич - российский политический и общественный деятель, юрист и видеоблогер. Один из лидеров российской оппозиции и ведущий оппонент президента России Владимира Путина. Получил первоначальную известность своими расследованиями о коррупции в России. Создатель «Фонда борьбы с коррупцией», объединяющего дочерние проекты: «Умное голосование», «Профсоюз Навального», «РосПил», «РосЖКХ», «РосЯма», «РосВыборы», «Добрая машина правды», автор YouTube-каналов: «Алексей Навальный», «Навальный LIVE» и «Популярная политика» (бывший «Штаб Навального»).

Нарусова, Людмила Борисовна - российский политический и общественный деятель. Сенатор Российской Федерации с 23 сентября 2016 года. Сенатор (Член Совета Федерации Федерального Собрания) Российской Федерации (2002-2012 и с 2016) от Республики Тыва (в 2010-2012 годах - от Брянской области). Депутат Государственной думы Российской Федерации (1996-2000). Член общественного совета Российского еврейского конгресса. Вдова первого мэра Санкт-Петербурга Анатолия Собчака и мать журналистки и телеведущей Ксении Собчак.

Неймарк-Коен (Махмудов), Рахман - организатор и ведущий шикарных клубных шоу и вечеринок, Арт-директор Leps Bar.

Немцов, Борис Ефимович - российский политический и государственный деятель, активист, автор нескольких докладов о масштабах коррупции в России, активный критик политического режима Владимира Путина, первый губернатор Нижегородской области. Депутат Ярославской областной думы VI созыва с 8 сентября 2013 до убийства 27 февраля 2015 года.

Никулин, Юрий Владимирович - советский и российский артист цирка (клоун), цирковой режиссёр, киноактёр, телеведущий. Герой Социалистического Труда (1990), народный артист СССР (1973), лауреат Государственной премии РСФСР им. братьев Васильевых (1980), кавалер двух орденов Ленина (1980, 1990). Участник Великой Отечественной войны. С 1982 по 1997 год - директор и художественный руководитель цирка на Цветном бульваре

Обама, Барак - американский государственный и политический деятель, 44-й президент США с 20 января 2009 года по 20 января 2017 года. Лауреат Нобелевской премии мира 2009 года. До избрания президентом являлся федеральным сенатором от штата Иллинойс. Был впервые избран в ноябре 2008 года, переизбран на второй президентский срок в 2012 году.

Парфенов, Леонид Геннадьевич - советский и российский журналист, телеведущий, документалист, писатель, общественный деятель.

Патаркацишвили, Бадри - российский и грузинский бизнесмен, основными сферами деловых интересов которого являлись автопром, пресса и спорт.

Пахмутова, Александра Николаевна - советский и российский композитор, пианистка, автор песен, общественный деятель. Герой Социалистического Труда (1990), народная артистка СССР (1984), лауреат Государственной премии Российской Федерации (2015), двух Государственных премий СССР (1975, 1982) и премии Ленинского комсомола (1966), кавалер двух орденов Ленина (1979, 1990) и ордена Святого апостола Андрея Первозванного (2019). Жена и соавтор (1956-2023) поэта-песенника, киноактёра Николая Добронравова (1928-2023).

Песков, Дмитрий Сергеевич - российский государственный деятель. Заместитель руководителя Администрации президента

ВСЕ ЗАПУЩЕНО У ПУТИНА

Российской Федерации - пресс-секретарь президента Российской Федерации Владимира Путина, с 22 мая 2012 года. Действительный государственный советник Российской Федерации 1 класса (2005). Пресс-секретарь председателя Правительства Российской Федерации Владимира Путина (2008-2012). После вторжения России на Украину Евросоюз, США, Канада, Япония, Великобритания и ряд других стран ввели против него персональные санкции

Познер, Владимир Александрович - организатор кинопроизводства во Франции, США и СССР, звукорежиссёр, директор Экспериментального творческого объединения киностудии «Мосфильм» (1965-1968). По рассекреченным данным проекта «Венона», в годы Второй мировой войны работал в США на советскую разведку. Отец журналиста Владимира Познера и историка Павла Познера.

Познер, Владимир Владимирович - советский пропагандист, российский и американский журналист, телеведущий и радиоведущий, писатель. Семикратный лауреат премии «ТЭФИ». Получил известность в конце 1980-х годов как ведущий телемостов СССР-США. С 1992 по 1995 год вёл программу Pozner/Donahue на американском телеканале CNBC. Ведущий авторских программ «Времена» (2000-2008) и «Познер» (2008-2022) на «Первом канале». Член фонда «Академия российского телевидения» (1994 - н. в.) и его первый президент (1994-2008)

Познер (Люттен), Жеральдин – мать журналиста Владимира Познера и историка Павла Познера.

Познер, Павел Владимирович - Ведущий научный сотрудник Отдела сравнительного культуроведения Института востоковедения Российской Академии наук (ИВ РАН), Государственный доктор по общественным и гуманитарным наукам (Франция), доктор исторических наук (СССР).

ВИТАЛИЙ ЗАГОРСКИЙ

Специалист по истории Вьетнама. Младший брат известного журналиста Владимира Владимировича Познера.

Политковская, Анна Степановна - российская журналистка, пресс-секретарь издания «Новая газета», общественная деятельница, правозащитница и писательница. Уделяла особое внимание конфликту в Чечне. 7 октября 2006 года была застрелена в лифте своего дома.

Пригожин, Евгений Викторович - российский предприниматель, основатель и руководитель группы компаний «Конкорд» и частной военной компании «Вагнер».

Примаков, Евгений Максимович - советский и российский политический и государственный деятель, экономист и востоковед-арабист. Председатель Правительства Российской Федерации (1998-1999), министр иностранных дел РФ (1996-1998), руководитель Центральной службы разведки СССР (1991), директор Службы внешней разведки России (1991-1996), председатель Совета Союза Верховного Совета СССР (1989-1990). Чрезвычайный и полномочный посол (1996).

Путин, Владимир Владимирович – международный военный преступник, действующий президент государства – спонсора терроризма.

Путина (Очеретная), Людмила Александровна - бывшая супруга президента России Владимира Путина, с которым она прожила в браке около 30 лет. Первая леди России с 2000 по 2008 и с 2012 по 2013 годы. После развода стала женой бизнесмена Артура Очеретного.

Риббентроп, Иоахим фон - немецкий политический, государственный деятель и дипломат, министр иностранных дел Нацистской Германии (1938-1945). Обергруппенфюрер СС, член партии НСДАП. Посол Германии в Великобритании (1936-1938). 1 октября 1946 года Международный военный трибунал против главных военных преступников в Нюрнберге признал Риббентропа виновным по всем пунктам обвинения, в том числе в преступлениях против мира, военных преступлениях и преступлениях против человечности, и приговорил к смертной казни через повешение. 16 октября 1946 года приговор был приведён в исполнение.

Рубин, Труди - журналист газеты Philadelphia Inquirer, которая прославилась тем, что задала вопрос «Who is mister Putin?» на форуме в Давосе в 2000 году.

Рыжков, Владимир Александрович - российский общественный, политический и государственный деятель. Член Общественной палаты города Москвы (с 2019 года). Депутат Московской городской думы VII созыва с 2021 года.

Рябцева, Олеся Александровна - российская журналистка, работала помощником главного редактора «Эхо Москвы», бывший заместитель главного редактора сайта «Эхо Москвы».

Саакашвили, Михаил Николаевич - грузинский и украинский государственный и политический деятель. Президент Грузии (2004-2013), председатель Одесской областной государственной администрации (2015-2016). Глава Исполнительного комитета Национального совета реформ Украины с 7 мая 2020 года.

Сечин, Игорь Иванович - российский государственный деятель и топ-менеджер, главный исполнительный директор (президент) нефтегазовой компании ПАО «НК „Роснефть"» (с мая 2012 года), председатель совета директоров компании «Роснефть» (2004-2011). Ранее заместитель руководителя администрации президента России (1999-2008, в 2004-2008 также помощник президента), заместитель председателя правительства Российской Федерации (2008-2012).

Скрипаль, Сергей Викторович - советский, российский и британский военный разведчик, до 1999 года сотрудник ГРУ, полковник. В 2006 году осуждён в России за государственную измену в форме шпионажа в пользу спецслужб Великобритании и лишён воинского звания. С 2010 года, после помилования и обмена заключёнными шпионами между Россией и США, живёт в Великобритании, где получил гражданство, сохранив гражданство России.

Собчак, Анатолий Александрович - советский и российский государственный и политический деятель, учёный-правовед. Первый мэр Санкт-Петербурга. Доктор юридических наук, профессор.

Сорокина, Светлана Иннокентьевна - советская и российская журналистка, теле- и радиоведущая, режиссёр, преподаватель.

Сталин, Иосиф Виссарионович - советский политический, государственный, военный и партийный деятель, российский революционер. Фактический руководитель СССР. Генеральный секретарь ЦК РКП(б) - ВКП(б) (1922-1934), секретарь ЦК ВКП(б) - КПСС (1934-1953), Маршал Советского Союза (1943), Генералиссимус Советского Союза (1945). Народный комиссар обороны СССР (1941-1946), председатель Совнаркома СССР и Совета Министров СССР (1941-1953), председатель Государственного комитета обороны СССР (1941-1945).

Степашин, Сергей Вадимович - российский государственный, политический и общественный деятель, экономист. Доктор юридических наук, кандидат исторических наук, профессор, генерал-полковник.

Сурков, Владислав Юрьевич - российский государственный деятель. Действительный государственный советник Российской Федерации 1-го класса (2000). Помощник президента Российской Федерации (26 марта 2004 - 7 мая 2008); помощник президента Российской Федерации по вопросам социально-экономического сотрудничества с государствами СНГ, Абхазией и Южной Осетией (20 сентября 2013 - 7 мая 2018; 13 июня 2018 - 18 февраля 2020).

ВСЕ ЗАПУЩЕНО У ПУТИНА

Заместитель председателя правительства Российской Федерации - руководитель Аппарата правительства Российской Федерации (2012-2013).

Такменев, Вадим Анатольевич - российский тележурналист, телеведущий, заместитель генерального продюсера АО «Телекомпания НТВ», главный редактор главной редакции информационно-развлекательных программ Дирекции информационного вещания НТВ. Принимал участие в телевизионных программах «Профессия - репортёр» (2004-2008), «Главный герой» (2007-2009) и «Центральное телевидение» (с 2010). Лауреат премии ТЭФИ в 2005, 2014 и 2016 годах.

Тимакова, Наталья Александровна - российский государственный деятель. Заместитель председателя банка ВЭБ.РФ с 17 сентября 2018 по 1 марта 2023 года. До этого долгое время служила пресс-секретарём председателя Правительства Российской Федерации (2012-2018), пресс-секретарём Президента Российской Федерации (2008-2012). Действительный государственный советник Российской Федерации 1 класса (2003).

Фриске, Жанна Владимировна - российская эстрадная певица, телеведущая и киноактриса. С 1996 по 2003 год - солистка группы «Блестящие». Последующая сольная карьера Фриске продолжалась десять лет (по 2013 год).

Хрущев, Никита Сергеевич - советский партийный и государственный деятель. Первый секретарь ЦК КПСС (1953-1964). Председатель Совета министров СССР (1958-1964). Председатель Бюро ЦК КПСС по РСФСР (1956-1964). Герой Советского Союза (1964), Герой Народной Республики Болгария, трижды Герой Социалистического Труда (1954, 1957, 1961), лауреат Международной Ленинской премии «За укрепление мира между народами» (1959) и Национальной премии Украины им. Тараса Шевченко (1964), кавалер семи орденов Ленина (1935,

ВИТАЛИЙ ЗАГОРСКИЙ

1944, 1948, 1954, 1957, 1961, 1964). Участник Великой Отечественной войны.

Цорионов (Энтео), Дмитрий Сергеевич - российский православный активист, бывший руководитель движения «Божья воля», руководитель движения «Декоммунизация». Известен своими эпатажными и провокационными акциями. Являясь младоземельным креационистом, выступает за ненаучность теории эволюции. Позиционирует себя либертарианским консерватором, минархистом. Поддерживает идеи австрийской экономической школы (вплоть до того, что фидуциарные деньги должны полностью прекратить эмитироваться), легализацию права на оружие, а также за последовательную декоммунизацию в Российской Федерации.

Цыганова, Вика - советская и российская певица, композитор, актриса театра. Заслуженная артистка Республики Тыва (1999), заслуженный деятель культуры Московской области.

Чубайс, Анатолий Борисович - советский и российский политический, государственный и хозяйственный деятель, экономист, кандидат экономических наук. С 1991 года занимал ключевые посты в российском государстве и государственных компаниях.

Шендерович, Виктор Анатольевич - российский и израильский прозаик, журналист, поэт, драматург, сценарист, теле- и радиоведущий, сатирик, публицист, педагог.

Шойгу, Сергей Кужугетович - советский и российский государственный и военный деятель. Министр обороны Российской Федерации с 6 ноября 2012 года. Генерал армии (2003). Герой Российской Федерации (1999). Заслуженный спасатель Российской Федерации (2000). Кавалер ордена Святого апостола Андрея Первозванного с мечами (2014). Член Высшего совета политической партии «Единая Россия», член Совета Безопасности РФ с 1996 (Постоянный член с 2012).

ВСЕ ЗАПУЩЕНО У ПУТИНА

Штирлиц, Макс Отто фон - литературный персонаж, герой многих произведений советского писателя Юлиана Семёнова. В произведениях Семёнова Штирлиц являлся штандартенфюрером СС, советским разведчиком-нелегалом, работавшим в интересах СССР в нацистской Германии и некоторых других странах.

Шустер, Савик - журналист и телеведущий, известный по работе в российских и украинских СМИ. Заслуженный журналист Украины

Щекочихин, Юрий Петрович - советский и российский журналист, писатель и драматург, сценарист, телеведущий, депутат Государственной думы. Известен громкими журналистскими расследованиями.

Эрнст, Константин Львович - советский и российский медиаменеджер, продюсер, режиссёр, сценарист, телеведущий. Генеральный директор АО «ОРТ/Первый канал» с 1999 года. Полный кавалер ордена «За заслуги перед Отечеством». Лауреат Государственной премии Российской Федерации (2003, 2023) и Премии Правительства Российской Федерации (2017). Семикратный обладатель российской национальной телевизионной премии «ТЭФИ» (1998, 2001, 2007-2010, 2014). Член Фонда «Академия российского телевидения» с 1996 года.

Эстемирова, Наталья Хусаиновна - российская правозащитница, журналистка, сотрудница представительства правозащитного центра «Мемориал» в Грозном. Её убийство 15 июля 2009 года вызвало общественный и политический резонанс.

Юмашев, Валентин Борисович - российский журналист, политический деятель и девелопер. Руководитель Администрации Президента Российской Федерации с 11 марта 1997 по 7 декабря 1998 года. Советник Президента Российской Федерации с 23 декабря 1998 года по апрель 2022 года. Действительный государственный советник Российской Федерации 1-го класса (1997).

ВИТАЛИЙ ЗАГОРСКИЙ

Юмашева, Татьяна Борисовна - российский государственный и общественный деятель, в прошлом - сотрудник аппарата президента России, с 1997 по 1999 год - советник президента Российской Федерации Бориса Ельцина, своего отца (занималась имиджем президента). Руководит Фондом первого Президента России, с 2015 года - член попечительского совета «Ельцин-центра».

Юшенков, Сергей Николаевич - депутат Государственной думы, кандидат философских наук, автор ряда научных работ. Один из лидеров партии «Либеральная Россия». Убит 17 апреля 2003 года.

Явлинский, Григорий Алексеевич - советский и российский государственный и политический деятель, заместитель Председателя Совета министров РСФСР (1990), экономист, бывший депутат Государственной думы (1994-2003). Руководитель политической партии «Яблоко» (с 1993 по 2008). Доктор экономических наук (2005). Экономический советник Председателя Совета министров РСФСР (1991), заместитель Руководителя Комитета по оперативному управлению народным хозяйством СССР в ранге вице-премьера (1991), член Политического консультативного совета при Президенте СССР (1991), один из лидеров избирательного блока «Явлинский - Болдырев - Лукин» (1993). Основатель общественного объединения «Яблоко» (с 1995). Руководитель фракции «Яблоко» в Государственной Думе России I, II и III созывов. Руководитель фракции «Яблоко» в Законодательном собрании Санкт-Петербурга V созыва. Кандидат на должность президента Российской Федерации на выборах 1996, 2000 и 2018 года.

Яковлев, Владимир Анатольевич - российский государственный, политический и общественный деятель. Член Совета Федерации Федерального собрания Российской Федерации от Санкт-Петербурга (1996-2002). Губернатор

Санкт-Петербурга (1996-2003). Член президиума Государственного совета Российской Федерации (2000-2001). Заместитель председателя правительства Российской Федерации (2003-2004). Полномочный представитель президента Российской Федерации в Южном федеральном округе (2004). Министр регионального развития Российской Федерации (2004-2007).

Ямадаев, Сулим Бекмирзаевич - российский военный деятель, подполковник (2005; с 2008 - в запасе). Командир батальона «Восток» 291-го мотострелкового полка 42-й гвардейской мотострелковой дивизии Российской армии в 2003-2008. Участник Первой (на стороне сепаратистов) и Второй (на стороне РФ) чеченских и Пятидневной войн. Ярый противник ваххабизма. Герой Российской Федерации (2005).

Ямадаев, Руслан Бекмирзаевич - российский политический деятель. В начале 1990-х находился в составе бандформирований на территории Чеченской Республики, затем совместно с федеральными войсками активно боролся с ваххабизмом. Депутат Государственной Думы четвёртого созыва (2003-2007), член фракции «Единая Россия», Комитета Государственной Думы по международным делам и Комиссии по мандатным вопросам и вопросам депутатской этики.

Янукович, Виктор Федорович - украинский государственный и политический деятель. Четвёртый Президент Украины (2010-2014), премьер-министр (2002-2005 и 2006-2007). Председатель Партии регионов (2003-2010). Кандидат на должность Президента Украины (2004, 2010). На президентских выборах 2004 года во втором туре противостоял Виктору Ющенко. После объявления предварительных результатов, согласно которым победил Янукович, начались массовые протесты против фальсификации результатов голосования, известные как «оранжевая революция». В итоге было назначено переголосование, по результатам которого президентом стал Ющенко.

ВИТАЛИЙ ЗАГОРСКИЙ

переголосование, по результатам которого президентом стал Ющенко.

www.ingramcontent.com/pod-product-compliance
Lightning Source LLC
Chambersburg PA
CBHW071338150726
47997CB00002B/780